世界広布の大道

小説「新・人間革命」に学ぶ

III

11巻〜15巻

聖教新聞社

目次

挿　絵　内田健一郎
イラスト　間瀬健治
装　幀　株式会社プランク

一、本書は、「聖教新聞」に連載の「世界広布の大道　小説『新・人間革命』に学ぶ」（二〇一九年九月四日〜二〇二〇年一月二十九日付）を収録した。

一、御書の御文は、『新編　日蓮大聖人御書全集』（創価学会版、二七五刷）、法華経の経文は、『妙法蓮華経並開結』（創価学会版、第二刷）に基づき、（御書〇〇㌻）、（法華経〇〇㌻）と示した。

一、『新・人間革命』の本文は、聖教ワイド文庫の最新刷に基づき、（〇㌻）と示した。

一、編集部による注は、（＝　）と表記した。

編集部

『新・人間革命』

第11巻

「聖教新聞」連載

（2000年5月15日付～12月29日付）

第11巻

基礎資料編

各章のあらすじ

物語の時期

1966年（昭和41年）3月10日～1967年4月22日

「暁光《ぎょうこう》」の章

1966年（昭和41年）3月10日、山本伸一《やまもとしんいち》は5年半ぶりに南米ブラジルを訪問。ブラジルは、会員約8000世帯に達《たっ》し、サンパウロで文化祭を開催《かいさい》するまでに。しかし、マスコミの誤《あやま》った情報などから、学会を危険視《きけんし》する空気が強まっていた。

彼は、ブラジルの創価学会の目《め》覚《ざ》ましい発展に、三障四魔《さんしょうしま》が紛然《ふんぜん》として競《きそ》い起《お》こってきたのだと同志を励ます。

翌日、伸一は、リオデジャネイロ市内を視察《しさつ》。

また、自《みず》らブラジルの著名《ちょめい》なジャーナリストの取材を受け、学会への偏見《へんけん》を打ち破る連続闘争を

開始した。

13日に、サンパウロで開催された南米文化祭などの行事も警察の厳《きび》しい監視下《かんしか》で行われた。メンバーは、創価学会の真実を伝え抜き、学会を、先生を、世界一理解し、称賛《しょうさん》する国にしてみせると、決意する。

だが、74年（同49年）、ビザが発《はっ》給《きゅう》されず、伸一の訪問は中止に。しかし、同志は〝必ず、先生をお呼びしてみせる！〟と、社会の信頼を勝ち得る努力を続ける。そして、84年（同59年）、大統領の招聘《しょうへい》によって、伸一の訪問が実現。暗黒の闇《やみ》を破り、「暁光《ぎょうこう》」を迎《むか》えたのだった。

伸一《しんいち》たち一行は、ブラジルから、次の訪問地のペルーへ向かう。

3月15日、首都リマに到着《とうちゃく》した彼は、この日、市内のメトロポリタン劇場《げきじょう》で開催《かいさい》される大会に出席する予定であった。だが、ここでもペルー当局の監視《かんし》の目が光っていた。

彼は、熟慮《じゅくりょ》の末《すえ》、同志を守るために出席を見送る。そして、滞在《たいざい》するホテルの一室で、未来を開くために、同志と懇談《こんだん》。ペルー広布の原野を「開墾《かいこん》」してきた先駆《せんく》の友をたたえる。

また、彼らに、三点にわたって、人生を勝利する要諦《ようてい》を指導する。第一に、生命力を無限に涌現《ゆげん》させる源泉《げんせん》こそが唱題《しょうだい》であり、唱題根《こん》本《ぽん》の人には行き詰《づ》まりがない。第二に、御書《ごしょ》をしっかりと拝読《はいどく》し、身で読んでいく教学の重要性《じゅうようせい》をあげる。そして第三には、最後まで諦《あきら》めずに頑張り通していく信心の持続を訴える。

「開墾《かいこん》」の章

リマの街角

翌日、伸一は、リマの中心街で、南米解放の英雄《えいゆう》サン・マルティンの騎馬像《きばぞう》を見つめ、その生涯《しょうがい》に思いを馳《は》せる。

また、派遣《はけん》幹部らが手分けして、ボリビア、アルゼンチン、パラグアイ、ドミニカ共和国と中・南米各国を訪問。ここにも過酷《かこく》な環境下で、懸命《けんめい》に学会活動に励む、尊《とうと》き同志たちがいた。

北・南米訪問を終えた伸一《しんいち》は、第一線で活動に励むメンバーとの記念撮影、激励のために、大阪、和歌山、静岡、香川、愛媛など、日本各地を東奔西走《とうほんせいそう》する。

彼は、「第七の鐘《かね》」が鳴《な》り終わる1979年（昭和54年）を目指し、大前進の指揮《しき》を執《と》り続ける。過密《かみつ》スケジュールの中でも、常《つね》に未来のことを考え、御書《ごしょ》の英語訳の推進《すいしん》など、世界広布《せかいこうふ》の布石《ふせき》を打ち続けていく。

9月18日、伸一は、阪神甲子園《はんしんこうしえん》球場《きゅうじょう》で行われる「関西文化祭《かんさいぶんかさい》」に出席するため、大阪へと向かう。

当日は、断続的に雨が降り続き、開催《かいさい》が危《あや》ぶまれたが、関西の同志

「常勝《じょうしょう》」の章

は、不屈《ふくつ》の関西魂《だましい》で決行《けっこう》。苦難の雨を、栄光の雨に変え、関西の新たな「常勝《じょうしょう》」の金字塔《きんじとう》を打ち立てた祭典となった。

この頃《ころ》、伸一は、深刻化《しんこくか》したベトナム戦争に胸を痛め続けていた。この凄惨《せいさん》な戦争を、一日でも、一瞬《いっしゅん》でも早く、やめさせなければならないと、11月の青年部総会で、和平《わへい》提言を行う。

また、73年（同48年）1月1日付で、米大統領に、停戦を訴える書《しょ》簡《かん》を送り、平和のための努力を続けるのであった。

「躍進《やくしん》」の章

山本伸一《やまもとしんいち》の会長就任《しゅうにん》7周年となる1967年（昭和42年）、「躍進《やくしん》の年」を迎《むか》える。

学会は、前年末に会員600万世帯を達成《たっせい》。伸一は、この一年を、広宣流布《こうせんるふ》の黄金《おうごん》の飛躍台《ひやくだい》にしなければならないと、強く心に決めていた。

1月9日に関西を訪問したのをはじめ、北海道、九州、中国など2週間ほどの間に国内をほぼ一巡《いちじゅん》。瞬時《しゅんじ》の休みもない激闘《げきとう》を続ける。

1月、公明党《こうめいとう》は初の衆院選《しゅういんせん》で25人が当選を果《は》たし、衆議院第4党となり、大勝利で飾《かざ》る。

3月4日、伸一は、学会として初の文化会館のオープンとなる中国文化会館の落成式《らくせいしき》に臨《のぞ》む。彼は、広宣流布とは、人間文化の創造《そうぞう》であると考えていた。そして、世界で初めて原爆《げんばく》が投下《とうか》された広島がある中国方面は、世界の恒久《こうきゅう》平和を実現する生命の大哲学《だいてつがく》の、発信基地《きち》であらねばならないと確信していた。

4月22日には、新潟を訪問する。そこで9年前の佐渡《さど》訪問を回想《かいそう》。その折、彼は、日蓮大聖人《にちれんだいしょうにん》の御生涯を偲《しの》び、自身もまた、大難に負けず、広布に生き抜こうと誓ったことを思い起こし、決意を新たにする。

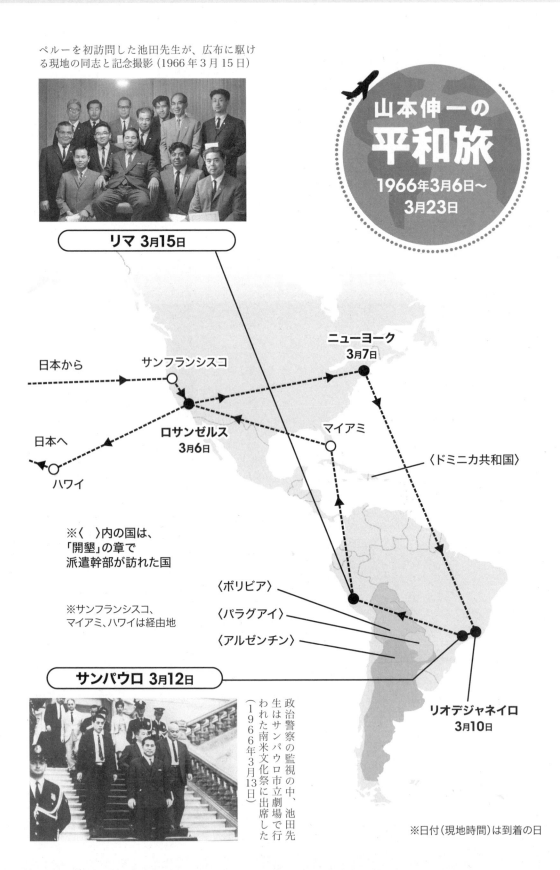

山本伸一の平和旅

1966年3月6日〜3月23日

ペルーを初訪問した池田先生が、広布に駆ける現地の同志と記念撮影（1966 年 3 月 15 日）

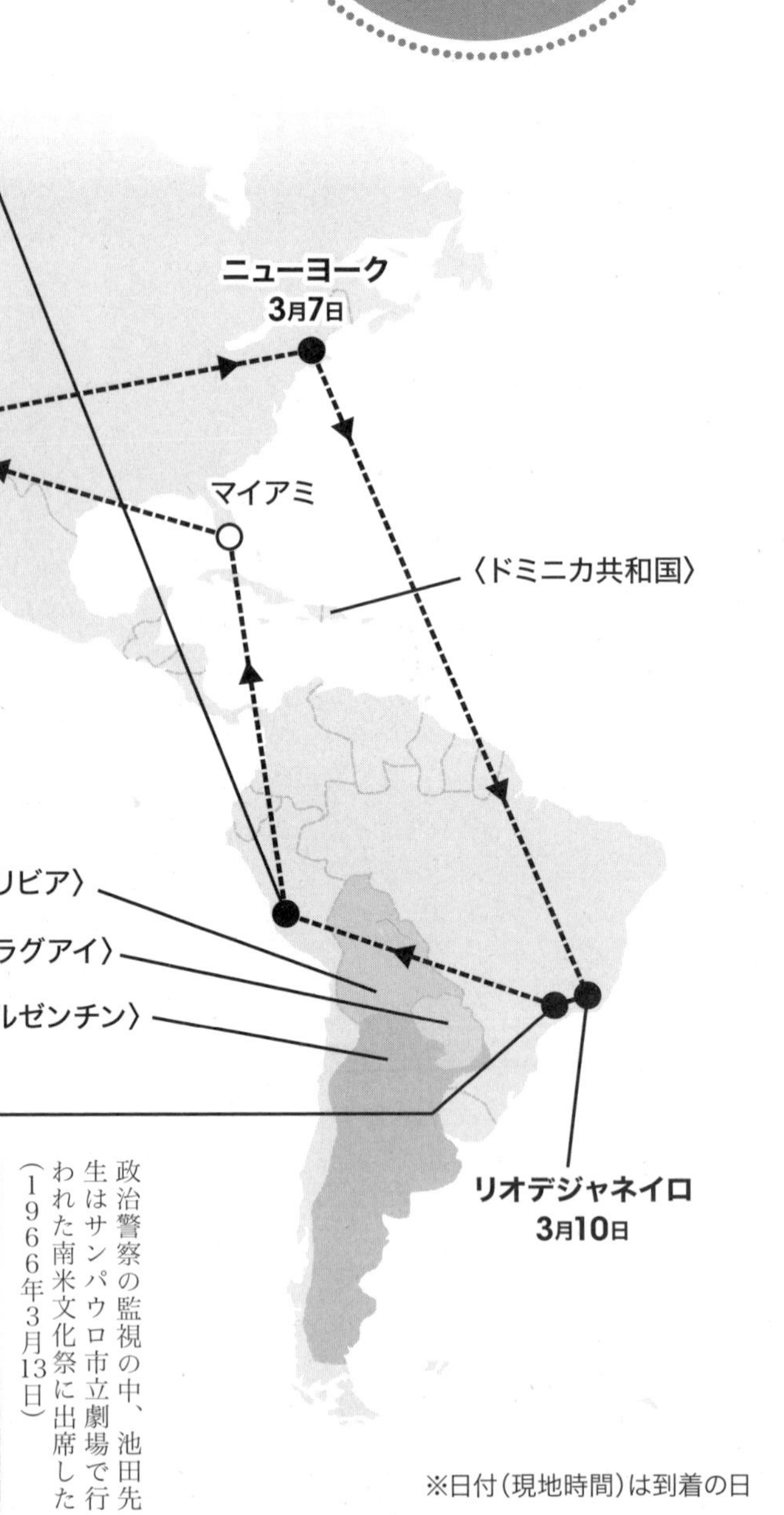

政治警察の監視の中、池田先生はサンパウロ市立劇場で行われた南米文化祭に出席した（1966年3月13日）

雨の関西文化祭

〝雨の関西文化祭〟の一こま。男子部の友が真っ白な衣装を泥に染めながら演技を披露（1966年9月18日、阪神甲子園球場で）

〈1966 年 9 月 18 日、阪神甲子園球場《はんしんこうしえんきゅうじょう》で開催《かいさい》された関西文化祭。雨による悪条件《あくじょうけん》の中での見事な演技に、観賞《かんしょう》した来賓《らいひん》は、称賛《しょうさん》を惜《お》しまなかった〉

後に日本写真家協会会長となる写真家の三木淳《みきじゅん》は、後年、次のような声を寄せている。

「……雨に打たれ、泥濘《でいねい》にまみれ、演技する若者《わかもの》を見ているうちに、私の胸《むね》は熱くなり、眼《め》より涙《なみだ》が滂沱《ぼうだ》と流れてきた。

この若者達は、何かをやろうとする情熱がある。それは功利《こうり》を超越《ちょうえつ》したものであり、わが国の将来《しょうらい》は絶対に明るい」

この感動は、国境も超《こ》えて広がった。中国の周恩来《しゅうおんらい》（チョウ・エンライ）総理の指示を受けて、創価学会を研究していた側近《そっきん》たちも、この雨の文化祭の記録フィルムを見て、大衆《たいしゅう》を基盤《きばん》とした学会への認識《にんしき》を深めていったのである。

（「常勝」の章、270㌻）

第11巻

名場面編

「暁光《ぎょうこう》」の章　ブラジルに轟《とどろ》く歓喜《かんき》のかけ声

〈1974年（昭和49年）3月、ブラジルでは、山本伸一《やまもとしんいち》を迎《むか》えての文化祭が予定されていた。しかし、学会に対する誤解《ごかい》から、ビザが発給《はっきゅう》されず、直前で訪問は中止に。伸一は、電話で現地のリーダーを励ます〉

伸一の声であった。

（中略）

「辛《つら》いだろう。悲しいだろう。悔《くや》しいだろう……。しかし、これも、すべて御仏意《ごぶっち》だ。きっと、何か大きな意味《いみ》があるはずだよ。勝った時に、成功《せいこう》した時に、未来《みらい》の敗北《はいぼく》と失敗《しっぱい》の因《いん》をつくることもある。負《ま》けた、失敗したという時に、未来の永遠《えいえん》の大勝利《だいしょうり》の因をつくることもある。

ブラジルは、今こそ立ち上がり、これを大発《だいはつ》展《てん》、大飛躍《だいひやく》の因にして、大前進《だいぜんしん》を開始《かいし》していくことだ。また、そうしていけるのが信心《しんじん》の一念《いちねん》なんだ。

長《なが》い目で見れば、苦労《くろう》したところ、呻吟《しんぎん》したところは、必《かなら》ず強《つよ》くなる。それが仏法《ぶっぽう》の原理《げんり》だよ。今回《こんかい》は、だめでも、いつか、必ず、私は激《げき》励《れい》に行くからね」

（「暁光」の章、81〜82ページ）

〈ブラジルの友は悔しさをバネに、祈りに祈り、地域に信頼《しんらい》と友情の連帯を広げた。そして、1984年（昭和59年）2月、当時の大統領の招聘《しょうへい》により、ついに伸一の訪問が実現する〉

伸一が、サンパウロ市にある州立総合《しゅうりつそうごう》スポーツセンターのイビラプエラ体育館《たいいくかん》に姿《すがた》を見せると、大歓声《だいかんせい》があがり、大拍手《だいはくしゅ》が轟《とどろ》いた。皆《みな》、この出会《であ》いを、待《ま》ちに待っていたのだ。

伸一は、両手《りょうて》を掲《かか》げながら、中央《ちゅうおう》の広《ひろ》い円形《えんけい》舞台《ぶたい》を一周《しゅう》したあと、万感《ばんかん》の思《おも》いを込《こ》めてマイ

クを握《にぎ》った。

「十八年ぶりに、尊《たっと》い仏《ほとけ》の使《つか》いであられるわが友《とも》と、このように晴《は》れがましくお会いできて、本当に嬉《うれ》しい。

（中略）

しかし、これまでに、どれほどの労苦《ろうく》と、たくましき前進《ぜんしん》と、美《うつく》しい心《こころ》と心の連携《れんけい》があったことか。

私は、お一人《ひとり》お一人を抱擁《ほうよう》し、握手《あくしゅ》する思《おも》いで、感謝《かんしゃ》を込《こ》め、涙《なみだ》をもって、皆《みな》さんを賞讃《しょうさん》したいのであります」

（中略）

大地《だいち》を揺《ゆ》るがさんばかりの歓声《かんせい》と拍手《はくしゅ》が起《お》こり、やがて、あの意気盛《いきさか》んな、歓喜《かんき》と誓《ちか》いのかけ声がこだました。

「エ・ピケ、エ・ピケ、エ・ピケ、ピケ、ピケ。エ・オラ、エ・オラ、エ・オラ、オラ、オラ……」

皆、目を赤《あか》く腫《は》らしながら、声を限りに叫《さけ》んだ。

（「**暁光**」の章、103～104ページ）

「開墾《かいこん》」の章　信心は立場や役職ではない

〈1966年（昭和41年）3月、山本伸一《やまもとしんいち》は北・南米を訪問。派遣《はけん》幹部も手分けして、中・南米各国を回り、開拓《かいたく》の苦闘《くとう》を重ねてきた現地の会員を激励《げきれい》する〉

（パラグアイでの指導会では）メンバーからの質問《しつもん》を受けた。どの質問にも、苦悩《くのう》と心《こころ》の葛藤《かっとう》が滲《にじ》み出ていた。

農業《のうぎょう》が軌道《きどう》に乗らず、かさむ借金《しゃっきん》に苦《くる》しみながら、なんとか活路《かつろ》を見いだそうと、必死《ひっし》な人もいた。病《やまい》の苦しみを、悲鳴《ひめい》にも似《に》た思《おも》いで語る人もいた。

清原《きよはら》たちは、懸命《けんめい》に御本尊《ごほんぞん》の功力《くりき》を、信心《しんじん》の大確信《だいかくしん》を訴《うった》えた。確信と揺《ゆ》らぐ心との真剣勝負《しんけんしょうぶ》であった。

三歳《さい》ぐらいの男《おとこ》の子を抱《かか》えた老婦人《ろうふじん》が尋《たず》ねた。

「この子は孫《まご》ですが、生まれつき目が見えないんです。信心《しんじん》を頑張《がんば》れば、この子の目も、見えるようになりますか」

老婦人の一家《いっか》は、移住地《いじゅうち》の人たちに、仏法《ぶっぽう》のすばらしさを訴《うった》え、布教《ふきょう》に励《はげ》んできた。ところが、目の不自由《ふじゆう》な子どもが生まれたことから、

「なんで学会員《がっかいいん》が、そんなことになるんだ」

と、批判《ひはん》を浴《あ》びせられていたのである。

家族《かぞく》は、針《はり》の筵《むしろ》に座《すわ》るような、いたたまれぬ気持ちで日々《ひび》を過《す》ごしてきた。もとより、近《ちか》くには大病院《だいびょういん》もなく、診察《しんさつ》してもらうこともできない。悲嘆《ひたん》に暮《く》れ果《は》てての質問《しつもん》であった。

皆《みな》、黙《だま》り込《こ》んで、清原の言葉《ことば》を待《ま》った。

彼女《かのじょ》は断言《だんげん》した。

「明確《めいかく》なことが一つだけあります。それは、強盛《ごうじょう》に信心を貫《つらぬ》いていくならば、絶対《ぜったい》に、幸福《こうふく》になれるということです。このお子さんが、生《しょう》涯《がい》、信心を貫けるように、育《そだ》ててください。信心をして生まれてきた子どもに、使命《しめい》のない人

はいません。その使命《しめい》を自覚《じかく》するならば、必《かなら》ず最高《さいこう》の人生を送ることができます」
この指導《しどう》が、世間《せけん》に引け目を感《かん》じ、信心《しんじん》に一《いち》抹《まつ》の不安《ふあん》をいだいていた、この家族《かぞく》の心《こころ》の闇《やみ》を、打《う》ち破《やぶ》ったのである。
清原《きよはら》に指導を受けてからというもの、老婦人《ろうふじん》は、目の不自由《ふじゆう》な孫《まご》が、家《いえ》の宝《たから》だと思《おも》えるようになった。そして、家族も、その子《こ》どもの幸《しあわ》せを願《ねが》い、真剣《しんけん》に信心に励《はげ》み、団結《だんけつ》が生まれていったのである。

（中略）

木々《きぎ》の生《お》い茂《しげ》る道《みち》を、マイクロバスに揺《ゆ》られながら派遣幹部《はけんかんぶ》たちは思った。
〝もし、自分《じぶん》たちがこの環境《かんきょう》のなかに、ただ一人《ひとり》置《お》かれたならば、本当《ほんとう》に信心を貫《つらぬ》けていただろうか。皆《みな》に指導はしてきたが、学《まな》ぶべきは自分たちの方《ほう》ではないのか……〟
信心とは、立場《たちば》や役職《やくしょく》で決まるものではない。広宣流布《こうせんるふ》のために、いかなる戦《たたか》いを起《お》こし、実際《じっさい》に何を成《な》し遂《と》げてきたかである。

（「開墾」の章、178〜182ページ）

「常勝《じょうしょう》」の章　学会っ子は負けたらあかん

〈1966年（昭和41年）9月18日、阪神甲子園球場《はんしんこうしえんきゅうじょう》で「関西文化祭」が行われた。台風の影響《えいきょう》による雨のため、鼓笛隊《こてきたい》のジュニア隊の出場は見送られた〉

彼女《かのじょ》たちが、出場がなくなったことを知ったのは、白《しろ》と黄色《きいろ》のユニホームを着込《きこ》み、今か今かと、開演《かいえん》を待《ま》っていた時であった。

「雨に打《う》たれて、小《ちい》さな皆《みな》さんが、風邪《かぜ》をひいたりしてはいけないので、今回《こんかい》はジュニア隊の出場はなくなりました」

関西の鼓笛部長《ぶちょう》から、こう聞かされると、皆《みな》、声をあげて泣《な》きだした。

〝文化祭《ぶんかさい》で山本先生《やまもとせんせい》に見ていただくんや！〟と、小さな胸《むね》に闘志《とうし》を燃《も》やし、夏休みを返上《へんじょう》して、来る日も来る日も、炎天下《えんてんか》で練習《れんしゅう》を重《かさ》ねてきたのだ。

それなのに文化祭に出ることができなくなったと思うと、悔《くや》しくて、悲《かな》しくて仕方《しかた》なかったのである。

ジュニア隊の責任者《せきにんしゃ》で女子部《じょしぶ》の幹部《かんぶ》の吉倉稲子《よしくらいねこ》にも、少女《しょうじょ》たちの悔しい気持《きも》ちはよくわかった。自分《じぶん》も、一緒《いっしょ》に泣《な》きだしたいくらいであった。しかし、彼女は、心《こころ》を鬼《おに》にして、泣きじゃくる少女たちに、あえて、厳《きび》しい口調《くちょう》で言った。

「学会《がっかい》っ子《こ》は、何があっても、絶対《ぜったい》に泣くもんやない！　みんな、山本先生の弟子《でし》やろ！　師子《しし》の子やろ！　先生は、泣き虫《むし》は大嫌《だいきら》いなはずや！」

ジュニア隊の少女たちが泣いていた顔《かお》を上げた。

彼女は、それから、諄々《じゅんじゅん》と諭《さと》すように訴《うった》えた。

「今日《きょう》、皆さんの出場《しゅつじょう》を中止《ちゅうし》にしたんは、皆さんが学会の宝《たから》やからです。絶対に、風邪なん

かひかせるわけにはいかんからです。まだ、みんな小さいんやから、出場《しゅつじょう》の機会《きかい》は、いくらでもあります。今日《きょう》までの練習は、これから先《さき》、必《かなら》ず生かせると思《おも》います。

皆《みな》さんのことを、一番、心配《しんぱい》されているのは、山本先生《やまもとせんせい》です。今のみんなの悔《くや》しい気持《きも》ちも、よくご存《ぞん》じやと思います。残念《ざんねん》で仕方ない気持ちはようわかりますが、先生に『私たちは大丈夫《だいじょうぶ》です』言うて、ご安心《あんしん》していただいてこそ、鼓笛隊《こてきたい》やないでしょうか……」

それでも、すすり泣《な》きがあちこちから聞こえた。

吉倉《よしくら》は、涙《なみだ》ぐむ一人《ひとり》の少女《しょうじょ》の傍《かたわ》らに行き、腰《こし》をかがめて、ハンカチで涙《なみだ》を拭《ふ》いてあげた。

そして、肩《かた》に手をかけ、体をゆすりながら言った。

「悔しいやろうけど、頑張《がんば》るんや！　これも、文化祭《ぶんかさい》の戦《たたか》いや！　あんたは、絶対《ぜったい》に弱虫《よわむし》やない！」

泣いていた少女は、コクリと頷《うなず》いた。

（「**常勝**」の章、246～248ページ）

「躍進《やくしん》」の章　難《なん》の時こそ師子王《ししおう》の心で進め

〈1967年（昭和42年）4月22日、山本伸一《やまもとしんいち》は新潟を訪問。佐渡《さど》の地での日蓮大聖人《にちれんだいしょうにん》の闘争《とうそう》に思いをめぐらせた〉

日蓮は、佐渡に流《なが》されてからも、弟子《でし》たちのことが頭《あたま》から離《はな》れなかった。

竜《たつ》の口《くち》の法難《ほうなん》以来《いらい》、弾圧《だんあつ》の過酷《かこく》さ、恐《おそ》ろしさから、退転《たいてん》したり、法門《ほうもん》への確信《かくしん》が揺《ゆ》らぎ始めた弟子たちが、少《すく》なくなかったからである。

（中略）

臆病《おくびょう》と不信《ふしん》によって、信心《しんじん》の心《こころ》が食《く》い破《やぶ》られていったのである。

（中略）

弟子のなかには、日蓮に批判《ひはん》の矛先《ほこさき》を向ける者もいた。「日蓮御房《ごぼう》は師匠《ししょう》ではあられるが、その弘教《ぐきょう》はあまりにも剛直《ごうちょく》で妥協《だきょう》がない。我等《われら》は柔《やわ》らかに法を弘《ひろ》めよう」と言うのである。

もっともらしい言い方をしてはいるが、その本質《ほんしつ》は臆病《おくびょう》にある。しかし、その臆病な心と戦おうとはせず、弘教の方法論《ほうほうろん》に問題《もんだい》をすり替《か》えて師匠を批判し、弟子としての戦いの放棄《ほうき》を正当化しようというのだ。堕落《だらく》し、退転しゆく者が必《かなら》ず用《もち》いる手法《しゅほう》である。

佐渡で認《したた》めた御書《ごしょ》には、弟子の惰弱《だじゃく》さを打ち破り、まことの信心を教《おし》えんとする、日蓮の厳《げん》父《ぷ》のごとき気迫《きはく》と慈愛《じあい》が脈打《みゃくう》っている。

曰《いわ》く「詮《せん》ずるところは天《てん》もすて給《たま》え諸難《しょなん》にもあえ身命《しんみょう》を期《ご》とせん」（御書232㌻）と。天も捨《す》てよ、難にいくら遭《あ》おうが問題ではない、ただ身《しん》命《みょう》をなげうって広宣流布《こうせんるふ》に邁進《まいしん》するのみであるとの、日蓮の決意を記した、「開目抄《かいもくしょう》」の一節である。

それは、諸天《しょてん》の加護《かご》や安穏《あんのん》を願《ねが》って、一喜一《いっきいち》憂《ゆう》していた弟子たちの信仰観《しんこうかん》を砕《くだ》き、真実《しんじつ》の「信心の眼《まなこ》」と「境涯《きょうがい》」を開かせんとする魂《たましい》の叫《さけ》びであった。
（中略）
さらに、「悪王《あくおう》の正法《しょうほう》を破《やぶ》るに邪法《じゃほう》の僧等《そうら》が

方人《かたうど》をなして智者《ちしゃ》を失《うしな》はん時は師子王《ししおう》の如《ごと》くなる心《こころ》をもてる者必《ものかなら》ず仏《ほとけ》になるべし」（御書957ページ）と。法難《ほうなん》の時こそ〝師子王〟となって戦《たたか》え、そこに成仏《じょうぶつ》があるとの指導《しどう》である。

　ここには、「難即悟達《なんそくごだつ》」の原理《げんり》が示《しめ》されている。日蓮は、法難こそ、一生成仏《いっしょうじょうぶつ》のための不可《ふか》欠《けつ》な条件《じょうけん》であることを教《おし》えている。それゆえに、難を「喜《よろこ》び」「功徳《くどく》」ととらえ、難を呼《よ》び起《お》こせと説《と》いているのである。

　そして、自分《じぶん》を迫害《はくがい》した者たちに対《たい》しても、彼《かれ》らがいなければ「法華経の行者《ぎょうじゃ》」にはなれなかったと、喜びをもって述《の》べているのである。

　これこそ、最大《さいだい》の「マイナス」を最大の「プラス」へと転《てん》じ、最高の価値《かち》を創造《そうぞう》しゆく、大《だい》逆転《ぎゃくてん》の発想《はっそう》であり、人間《にんげん》の生《い》き方《かた》を根本《こんぽん》から変えゆく、創造《そうぞう》の哲学《てつがく》といえよう。

（「**躍進**」の章、394〜397ページ）

第11巻

御書編

題目こそ幸福の直道《じきどう》

御文

「朝朝《ちょうちょう》・仏《ほとけ》と共《とも》に起き夕夕《せきせき》仏と共に臥《ふ》し……」

御義口伝《おんぎくでん》　御書737ジペー

通解

（傅大士《ふだいし》の釈《しゃく》には）「毎朝、仏と共に起き、毎晩、仏と共に眠《ねむ》る……」

小説の場面から

〈1966年（昭和41年）3月、山本伸一《やまもとしんいち》はペルーを初訪問し、現地の同志を激励。人生を勝利する第一の要諦《ようてい》に「題目」を挙《あ》げ、次のように指導する〉

「御本尊《ごほんぞん》は、大慈悲《だいじひ》の仏様《ほとけさま》です。自分自身が願っていること、悩《なや》んでいること、希望することを、ありのまま祈っていくことです。

苦しい時、悲しい時、辛《つら》い時には、子どもが母の腕《かいな》に身を投げ出し、すがりつくように、『御本尊様！』と言って、無心《むしん》にぶつかっていけばいいんです。御本尊は、なんでも聞いてくださる。思いのたけを打ち明けるように、対話するように、唱題《しょうだい》を重《かさ》ねていくんです。やがて、地獄《じごく》の苦しみであっても、嘘《うそ》のように、露《つゆ》のごとく消《き》え去《さ》ります。

もし、自《みずか》らの過《あやま》ちに気づいたならば、心からお詫《わ》びし、あらためることです。二度と過ちは繰《く》り返《かえ》さぬ決意をし、新しい出発をするんです。

また、勝負の時には、断じて勝つと心を定めて、獅子《しし》の吼《ほ》えるがごとく、阿修羅《あしゅら》の猛《たけ》るがごとく、大宇宙を揺《ゆ》り動《うご》かさんばかりに祈り抜《ぬ》くんです。

そして、喜びの夕《ゆう》べには『本当にありがとうございました！』と、深い感謝の題目を捧《ささ》げることです。

（中略）

題目は、苦悩《くのう》を歓喜に変えます。さらに、歓喜を大歓喜に変えます。ゆえに、嬉《うれ》しい時も、悲しい時も、善《よ》きにつけ、悪《あ》しきにつけ、何があっても、ただひたすら、題目を唱《とな》え抜いていくことです。これが幸福の直道《じきどう》です」

（「**開墾**」の章、138～139ページ）

翻訳《ほんやく》は新たな歴史開く推進力《すいしんりょく》

御文

本朝《ほんちょう》の聖語《せいご》も広宣《こうせん》の日は亦仮字《またかな》を訳《やく》して梵震《ぼんしん》に通《つう》ず可《べ》し

五人所破抄《ごにんしょはしょう》　御書1613ジペー

通解

大聖人の御書も、広宣流布の時には、また日本語を外国語に翻訳《ほんやく》して、広く世界に伝えるべきである。

小説の場面から

〈1966年（昭和41年）夏、伸一《しんいち》は国内外を東奔《とうほん》西走《せいそう》する中で、未来への布石《ふせき》として御書《ごしょ》の英訳《えいやく》を推進《すいしん》する〉

伸一は、世界広布《こうふ》のために、御書を各国語に翻訳《ほんやく》するにあたって、英語訳の大切さを痛感《つうかん》していた。

それは英語を話す人が多いだけでなく、御書の英訳から、ほかの外国語に重訳《じゅうやく》されていく可能性が高いからであった。

（中略）

翻訳作業は、御書講義《こうぎ》などでよく研鑽《けんさん》される御抄《ごしょう》を中心に進められていったが、担当したスタッフにとっては、苦悩《くのう》の連続であった。

大聖人の教えを正確に翻訳し、伝えていくには、何よりも、御書の原文を、正しく解釈《かいしゃく》することが重要になる。

（中略）

教学部の関係者に聞いたり、山本《やまもと》会長の講義や仏教辞典《じてん》などにあたりながら、まず解釈に幾晩《いくばん》も費《つい》やさなければならなかった。

仏法用語など、英語にはない概念《がいねん》の言葉や、文化の違《ちが》いをどう説明するかも、難《むずか》しい問題であった。

スタッフは、時に黙々《もくもく》と辞書と格闘《かくとう》し、時に互《たが》いに意見をぶつけ合い、激《はげ》しく議論《ぎろん》することもあった。

（中略）

翻訳は、華《はな》やかなスポットライトを浴《あ》びることもない、地味《じみ》で目立たぬ労作業《ろうさぎょう》である。しかし、それは、世界の広宣流布《こうせんるふ》を推進《すいしん》するうえで、いかに大きな貢献《こうけん》であったか。

偉業《いぎょう》というものは、賞讃《しょうさん》も喝采《かっさい》もないなかで、黙々《もくもく》と静かに、成《な》し遂《と》げられていくものといえる。

（**「常勝」**の章、215～216ページ）

万人《ばんにん》が豊《ゆた》かな人生を歩む指針《ししん》

2005年4月、パラグアイの国立イタプア大学の副総長として、尊敬《そんけい》する池田博士に名誉博士号を授与《じゅよ》するために訪日《ほうにち》しました。間もなく15年になりますが、あの時の思い出は、昨日のことのようによみがえってきます。

池田博士は授与式に先立ち、ゴンサレス総長と私を、美しい胡蝶《こちょう》蘭《らん》を飾《かざ》って迎《むか》えてくださり、懇談《こんだん》してくださいました。

当時、私は、パラグアイの国立大学史上、女性で初めて副総長という重責に就《つ》き、多忙《たぼう》な日々を送っていました。池田博士はそのことをご存《ぞん》じで、私を〝パラグアイのローザ・パークス〟とたたえてくださったのです。人知れず、もが

半世紀超《こ》す執筆に思う
識者が語る

国立イタプア大学元副総長
ジルダ・アグェロ氏

き、苦闘していた私にとって、この上ない、励《はげ》ましの言葉でした。涙《なみだ》が込《こ》み上げてきて仕方がありませんでした。

私はこれまで数多くの池田博士の著作《ちょさく》に触《ふ》れてきました。幅広《はばひろ》い分野への深い見識《けんしき》を持ち、小説『人間革命』『新・人間革命』や対談集、平和のための提言などを編《あ》まれています。

そこで一貫《いっかん》しているのは、万人《ばんにん》が幸福になるための指針《ししん》が示されていることです。

私が、池田博士から学んだことは、私たちは幸《しあわ》せになるために、この世に生まれてきたこと。そして、人生とは〝戦い〟であるがゆえに、幸せを勝ち取るためには、常に戦わなければならない、とい

う点です。

池田博士は、ご自身の人生の全《すべ》てを捧《ささ》げて、人々の幸福のために、世界の平和のために行動し、その模範《もはん》を示されています。

私も2年前まで3期15年、副総長として、大学の発展《はってん》のために、学生のために、懸命に走り抜《ぬ》いてきました。苦しい時も、つらい時も、池田博士との出会いが私の前進の原動力《げんどうりょく》でした。

世界中どこを探《さが》しても、これほど、偉大《いだい》な足跡《そくせき》を残された人物を見たことがありません。

ここイタプア県には、チャベスやフラム移住地《いじゅうち》があり、多くの日系《にっけい》人《じん》の方々《かたがた》が生活しています。その中に、パラグアイSGIの友人がおり、長年、交流を続けています。

イタプア大学のゴンサレス総長（左から2人目）とアグェロ副総長（左端）が池田先生と会談。アグェロ氏は後に語っている。「私の価値観や考え方をすべて変える出会いでした」（2005年4月29日、創価国際友好会館で）

イタプア県の日系移住者からパラグアイSGIの歴史が始まったこと、そして、その草創期《そうそうき》には、大変な苦労があったことも、よく理解しています。

私にとって、SGIは自分自身を高めてくれる大切な存在《そんざい》です。

今後も、池田博士の著作《ちょさく》を学びながら、豊《ゆた》かな人生を歩んでいきたいと思います。

Yilda Agüero
教育学博士。専門は教育哲学や教育管理学。国立イタプア大学副総長を3期15年務め、女性の地位向上に貢献した。SGIの諸行事にも来賓として出席している。

ここにフォーカス

戦争は人間の最大の愚行《ぐこう》

「常勝《じょうしょう》」の章に、ベトナム戦争に心を痛《いた》め、平和のために奮闘《ふんとう》する山本《やまもと》伸一《しんいち》の姿が描《えが》かれています。

伸一は1966年（昭和41年）11月の青年部総会で和平提言《わへいていげん》を発表。翌年8月の学生部総会でも、ベトナム戦争の早急な解決を訴《うった》えています。

さらに、ニクソン米大統領宛《あ》てに書簡《しょかん》を送ります。それは、400字詰《づ》め原稿《げんこう》用紙にして40枚を超《こ》えるものでした。

その中で、彼は「あなたも現在、『平和の大統領』として後世に長く語り伝えられていくか、それとも全人類の平和への期待を裏切《うらぎ》った人として歴史の断罪を受けるか、その分かれ目に立たされているような気がいたします」と、大統領に忠告《ちゅうこく》し、さまざまな国際機構の設置を提案しています。

書簡は人を介して大統領補佐官のキッシンジャー氏に託《たく》され、大統領に届《とど》けられました。それから間もなく、ベトナム和平協定が結ばれています。

同章には、「戦争は、人間の魔性《ましょう》の心がもたらした、最大の蛮行《ばんこう》であり、最大の愚行《ぐこう》以外の何ものでもない」と記されています。

この「魔性」の生命を打《う》ち砕《くだ》き、人間の心の中に崩《くず》れざる〝平和の砦《とりで》〟を築くのが、私たちの「人間革命」の運動です。

第11巻

解説編

紙上講座

池田博正 主任副会長

動画で見る
セイキョウオンラインのトップページからも視聴できます

ポイント

①広宣流布は言論戦《げんろんせん》
②草創《そうそう》の精神を胸に
③根本的《こんぽんてき》な平和の道

小説『新・人間革命』完結《かんけつ》から1年となる2019年9月8日、東京・信濃町の総本部に「創価学会　世《せ》界聖教会館《かいせいきょうかいかん》」が竣工《しゅんこう》しました。

同会館の入り口には「聖教新聞　師弟凱歌《がいか》の碑《ひ》」が設置《せっち》されています。碑文《ひぶん》は、「9・8」に寄せて、池田先生が記したものです。

碑文の冒頭《ぼうとう》に、「広宣流布《こうせんるふ》とは言論戦である。仏法の真実と正義を叫《さけ》ぶ、雄渾《ゆうこん》なる言葉の力《ちから》なくして、創価の前進はない」とあります。

第11巻の「暁光《ぎょうこう》」の章には、山本伸一《やまもとしんいち》がブラジルのリーダーに、言論戦について語る場面が描かれています。

「言論といっても機関紙などに原稿を書くことだけではない。むしろ、重要なのは、肉声《にくせい》の響《ひび》きであり、一対一の対話だ。（中略）仏法と学会の正義と真実を、語り抜いていくことこそ、最も大切な言論の白兵戦《はくへいせん》です」（67ページ）

対話を通して、一人また一人と心を通わせ、学会理解を広げていくことこそ、広宣流布の実像《じつぞう》です。

また、碑文には、「聖教の姉妹紙誌は今、五大州に智慧《ちえ》の光を放《はな》ち、（中略）『人間の機関紙』の論調《ろんちょう》は世界同時に行き渡る」ともあります。「開墾《かいこん》」の章では、ペルーで発刊されるスペイン語の機関紙の名前を、伸一《しんいち》が「ペルー・セイキョウ」と命名したことがつづられています。今、世界50カ国・地域で80以上の聖教の姉妹紙・誌が刊行されています。

世界聖教会館《せかいせいきょうかいかん》の開館を迎《むか》える今この時、私たちは聖教新聞を活用しながら、「一対一の対話」に、勇《いさ》んで挑戦していきたいと思います。

時代を変える力《ちから》

「暁光《ぎょうこう》」の章では、学会に対する誤解《ごかい》や偏見《へんけん》が強かった、軍事政権下《ぐんじせいけんか》のブラジルでの、同志の苦闘《くとう》が描かれています。伸一は、それらを打《う》ち破《やぶ》るため、積極的にマスコミなどと対話します。

また、メンバーの心に、何があっても揺《ゆ》るがない信心の柱《はしら》を打ち立てようと、「難《なん》と戦うことこそ、自己の生命を磨《みが》き、境涯《きょうがい》を高めゆく直道《じきどう》であり、人間革命のための飛躍台《ひやくだい》なんです」（38㌻）と励ましを送ります。

ブラジルの同志は、社会から信頼《しんらい》を勝ち得《え》るために、真剣な祈りから出発します。その先頭に立ったのは、婦人部でした。

伸一は婦人部のリーダーに、「時代を変えていく本当の原動力は、婦人の祈りであり、生活に根ざした婦人の活動なんだ。婦人の力《ちから》は、大地の力といえる。大地が動けば、すべては変わる」（67㌻）と語ります。

日本出身の彼女は、真剣勝負の唱題を重《かさ》ね、ポルトガル語を書いた紙を頼《たよ》りに、数十キロも離《はな》れたメンバーの家へ、毎日のように激励に通います。こうした激闘《げきとう》によって、ブラジル広布《こうふ》に立ち上がる同志が次々と誕生《たんじょう》しました。

その精神は、「ムイト・マイス・ダイモク（もっと題目を）！」との合言葉となり、現在のブラジルSGIに脈打《みゃくう》っています。草創《そうそう》の戦いが受《う》け継《つ》がれているのです。

伸一《しんいち》がブラジルを初訪問した1960年（昭和35年）10月、海外初の支部が結成《けっせい》されました。その後、ペルー、ボリビア、パラグアイ、アルゼンチン、ドミニカ共和国の中南米各国にも支部が誕生します。「開墾《かいこん》」の章には、こうした歴史的には仏法と全《まった》く無《む》縁《えん》の国々で、いかにして学会理解が広まっていったかが記されています。

いずれの国でも、「その作業は、石だらけの大地を耕《たがや》し、畑を作り上げるような、苦闘の連続」（209ジペー）でした。しかし、メンバーは、よき市民として社会に貢献《こうけん》し、信頼を広げていきました。

その根底《こんてい》にあったのが、伸一との「心の絆《きずな》」です。派遣幹部《はけんかんぶ》が訪《おとず》れたアルゼンチンでは、伸一の次のような伝言が紹介されます。

「日本とアルゼンチンは、地球の反対側にあり、遠く離れていますが、広宣流布《こうせんるふ》に生き抜《ぬ》く人の心は、私と一体です。私の心のなかには、常《つね》に皆さんがいます」（166ジペー）

私たちは、草創の苦闘を決して忘れてはなりません。その魂《たましい》こそ、師との「心の絆」です。「師弟の精神」は、出会いの有無《うむ》ではなく、心に師を抱《いだ》き、師への誓《ちか》いを果《は》たそうと、懸命《けんめい》に行動する中に脈動《みゃくどう》するのです。

20世紀最後の連載《れんさい》

第11巻の連載《れんさい》期間は、2000年（平成12年）5月から同年末までの、20世紀最後の時に当たります。「躍進《やくしん》」の章に「二十世紀は戦争につぐ戦争の世紀」（338ジペー）とありますが、そのことを象徴《しょうちょう》する出来事《できごと》として、「常勝」の章に、ベトナム戦争の詳細《しょうさい》がつづられています。

ベトナム戦争は、1966年（昭和41年）には〝泥《どろ》沼《ぬま》〟の様相《ようそう》を呈《てい》していました。伸一は、1月の首都《しゅと》圏《けん》の高等部員会、11月の青年部総会、翌年8月の学生部総会で、ベトナム戦争について言及《げんきゅう》していきます。これらの発言に対して、政治家などの圧力《あつりょく》が予想されましたが、「戦争で真《ま》っ先《さき》に死んでいくのは青年であり、最大の犠牲《ぎせい》となるのは罪《つみ》もない民衆である」(282ジペー)との信念から、戦争解決のための提言《ていげん》などを発表していきました。

伸一《しんいち》の提言に、大きな反応を示したのは、アメリカの青年部員たちでした。「徴兵《ちょうへい》され、あるいは職業軍人として、ベトナムに行かねばならない人も、少なくなかった」(295ジペー)からです。メンバーは、仏法には戦争をなくす方途《ほうと》が説かれているはずだと確信し、御書《ごしょ》や伸一の講義を懸命《けんめい》に研さんしていきます。

そして、「根本的《こんぽんてき》な平和の道は、一人ひとりの人間の生命を変革《へんかく》する以外にない。つまり、人間の心のなかに、崩《くず》れざる〝平和の砦《とりで》〟を築《きず》く、〝人間革命〟しかない」(302ジペー)との結論《けつろん》に達します。ここに、仏法者としての根本的なあり方が明確に示されています。

1973年(昭和48年)1月、伸一は米大統領宛《あ》てに停戦《ていせん》を訴《うった》える書簡《しょかん》を送ります。その書簡は、「『提言の書』であると同時に、『平和への誓願《せいがん》の書』であり、また、『諫言《かんげん》の書』」(315ジペー)でした。「戦争の世紀」だった20世紀から、21世紀を「平和の世紀」にしなくてはならない、との信念に基《もと》づく、やむにやまれぬ行動でした。

それは、日蓮大聖人《にちれんだいしょうにん》が「立正安国論《りっしょうあんこくろん》」をもって、国主諫暁《かんぎょう》をされた精神に通じるものがあると思えてなりません。

「躍進」の章の最後に、大聖人の迫害《はくがい》との闘争が記《き》述《じゅつ》されているのは、〝大聖人の精神を21世紀にも伝え、実践していこう〟との池田先生の思いが込められているのではないでしょうか。

これからも、大聖人の御精神のままに、いかなる困《こん》難《なん》も恐《おそ》れず、広布拡大《こうふかくだい》にまい進してまいりましょう。

名言集

信心の証《あかし》

信仰《しんこう》の道は、決して平坦《へいたん》ではないでしょう。険《けわ》しい上《のぼ》り坂《ざか》もあります。嵐《あらし》の夜もあるでしょう。だが、何があろうが、負けないでいただきたい。負けないということが、信心の証《あかし》なのであります。

（「**暁光**」の章、57ページ）

祈りから始まる

思いやりも、友情も、祈りから始まる。祈りこそ、人間と人間を結《むす》びゆく力《ちから》である。

（「**開墾**」の章、143ページ）

一人への励まし

世界広布《せかいこうふ》という崇高《すうこう》にして壮大《そうだい》な作業もまた、そこに生きる一人の人間から始まる。ゆえに、その一人を力《ちから》の限《かぎ》り、生命《いのち》の限り、励まし、応援することだ。

（「**開墾**」の章、160ページ）

学会精神

学会精神とは——人びとの幸福のため、世界の平和のために戦い抜《ぬ》く、慈悲《じひ》の心である。何ものをも恐《おそ》れず、苦難《くなん》にも敢然《かんぜん》と一人立つ、挑戦《ちょうせん》の心である。断じて邪悪《じゃあく》を許《ゆる》さぬ、正義《せいぎ》の心である。

（「**常勝**」の章、264ページ）

日々発心《ほっしん》

持続《じぞく》というのは、ただ、昨日《きのう》と同じことをしていればよいのではありません。「日々挑戦《ちょうせん》」「日々発《ほっ》心《しん》」ということです。信心とは、間断《かんだん》なき魔《ま》との闘《とう》争《そう》であり、仏《ほとけ》とは戦い続ける人のことです。

（「**躍進**」の章、366ジペー）

高層ビルが立ち並ぶブラジルの金融・経済の中心地サンパウロ。池田先生に、同市から「名誉市民」称号が贈られている（1984年2月、先生撮影）

池田先生は「世界平和ペルー文化祭」に出席し、翌日には未来部の友に温かな励ましを送る（1974年3月、リマ市内で）

『新・人間革命』

第12巻

「聖教新聞」連載
（2001年4月20日〜12月29日付）

第12巻

基礎資料編

各章のあらすじ

物語の時期

1967年（昭和42年）5月3日～1969年7月17日

１９６７年（昭和42年）５月３日、山本伸一《やまもとしんいち》の会長就任《しゅうにん》７周年となる本部総会が、日大講堂で開催《かいさい》される。席上、彼は、当時の社会が抱《かか》える「人間疎外《そがい》」の問題を鋭《するど》く分析《ぶんせき》し、日蓮仏法《にちれんぶっぽう》こそが、新たな精神文明を開きゆく力《ちから》であると訴《うった》えた。

総会を終えた伸一は、13日、アメリカ、ヨーロッパ歴訪《れきほう》の旅に出発する。

最初の訪問地《ほうもんち》ハワイは、７年前、座談会に集《つど》ったのは三十数人にすぎなかった。しかし、今やメンバーは２０００世帯を超《こ》え、太平洋の一大拠点《きょてん》に発展《はってん》していた。

「新緑《しんりょく》」の章

15日、一行はロサンゼルスへ。アメリカ広布の大発展の布陣《ふじん》として、アメリカを総合本部とすることを発表。

17日、ニューヨークを訪《おとず》れ、ダンサーなど、芸術家を志《こころざ》す青年たちを激励《げきれい》する。

20日には、フランス・パリ郊《こう》外《がい》のヌイイに誕生《たんじょう》したパリ会館の入仏式《にゅうぶつしき》に出席。皆が一人立ち、その一人一人の勝利が積《つ》み重《かさ》なってこそ、大勝利があると指導する。

さらに、イタリア、スイス、オランダと回り、各地で「新《しん》緑《りょく》」のような、希望あふれる青年たちを全力で励《はげ》まし続ける。

「愛郷《あいきょう》」の章

伸一《しんいち》は、アメリカ、ヨーロッパ訪問《ほうもん》から帰ると、休む間《ま》もなく大阪や滋賀県の彦根《ひこね》など、各地を回り、6月23日に、長野県の松代《まつしろ》へ向かう。

松代では、2年前の1965年（昭和40年）8月から群発地震《ぐんぱつじしん》が続いていた。

伸一は、その年の11月、激励に向かう派遣幹部《はけんかんぶ》に〝松代の同志には、強い「愛郷《あいきょう》」の心で、住民の依怙依託《えこえたく》となって地域を守り抜《ぬ》いてほしい〟との思いを語る。同志は、わが地域を寂光土《じゃっこうど》に変えようと誓《ちか》い、決然《けつぜん》と弘教《ぐきょう》に立つ。

また、松代の幹部は、大きな地《じ》震《しん》の後には、自主的に会員の家へ、

安否確認《あんぴかくにん》と、激励に回る。この励《はげ》ましのネットワークは、やがて会員だけでなく、自然に地域の友へと広がっていった。

そして、67年（同42年）6月、松代会館を訪《おとず》れた伸一は、苦難に負けず、模範《もはん》の国土、組織を築《きず》こうと訴《うった》える。

7月には、九州、中部、東北を回り、8月には、兵庫、福井、富山を訪問。15日は、岐阜・高山市に。伸一は、江戸時代、悪政に抗《こう》して農民が決起《けっき》した、この飛騨《ひだ》の地に、「幸福の花園」を、「人間共和の故郷《ふるさと》」を築いてほしいと期待を述べる。

1967年（昭和42年）9月1日、東京・信濃《しなの》町《まち》に創価文化会館が開館する。続いて関西にも文化会館が完成。

それは、仏法を基調《きちょう》に、平和と文化を推進《すいしん》する創価学会を象徴《しょうちょう》するものとなる。

伸一《しんいち》は、この年、全国を回りながら、四国には「楽土《らくど》建設《けんせつ》の革命《かくめい》児《じ》たれ」、九州には「つねに先駆《せんく》の九州たれ」など、各方面にモットーを示していった。

10月15日には、東京文化祭が国《こく》立競技場《りつきょうぎじょう》で開催《かいさい》される。舞《ま》い行《ゆ》く赤鷲《あかわし》など、千変万化《せんぺんばんか》する人文字や、歓喜《かんき》のダンスが繰《く》り広《ひろ》げられた。

出演者の一人一人に、自己《じこ》の壁《かべ》に挑《いど》み、限界を打ち破る勝利のドラマがあった。天を舞《ま》うがごとき、青春乱舞《らんぶ》の舞台《ぶたい》であった。大成功の陰《かげ》には、人文字の下絵や各演目の振《ふ》り付《つ》け等に献身《けんしん》する人の支えがあった。

「天《てん》舞《まい》」の章

文化祭終了後《しゅうりょうご》、伸一は真っ先に、会場の外で黙々《もくもく》と整理や清掃《せいそう》に取り組む青年たちに感謝の言葉をかける。

30日、伸一は「ヨーロッパ統合《とうごう》の父」クーデンホーフ・カレルギー伯爵《はくしゃく》と会見。

人類の恒久《こうきゅう》平和実現を願う2人は、深く共鳴《きょうめい》し合う。後年《こうねん》、この対談は、対談集『文明・西と東』として結実《けつじつ》する。

1968年（昭和43年）「栄光の年」は、伸一《しんいち》の詩「栄光への門出《かどで》に」とともにスタートした。

4月8日、東京・小平市《こだいらし》の創価学園（中学校・高等学校）では、待望《たいぼう》の第1回入学式が行われた。創立者の伸一は開校に先立って、「真理を求め、価値を創造《そうぞう》する、英知と情熱の人たれ」など、五つの指針《ししん》を贈《おく》った。

創価教育を実践《じっせん》する学校の設立は、牧口常三郎《つねさぶろう》初代会長から弟子の戸田城聖《じょうせい》に、さらに、戸田から伸一に託《たく》された構想であった。

伸一は、入学式当日、式典後に学園を訪《おとず》れ、「英知　栄光　情熱」のモットーが刻《きざ》まれた碑《ひ》の除幕式《じょまくしき》

「栄光」の章

に臨《のぞ》んだ。生徒と共に「栄光橋」を渡《わた》り、また、記念のカメラにも納《おさ》まった。

その後も、彼は学園に幾度《いくど》も足を運ぶ。

親元を離《はな》れて暮《く》らす寮生《りょうせい》の代表とも懇談《こんだん》し、皆をわが子のごとく激励《げきれい》する。

伸一の慈愛《じあい》に包《つつ》まれ、生徒たちは大きく成長していく。

やがて、大学、幼稚園《ようちえん》、小学校と、創価一貫《いっかん》教育が完成。

また、アメリカ創価大学をはじめ、創価教育の園《その》は、海外にも広がり、卒業生は、全世界を舞台《ぶたい》に、社会貢献《しゃかいこうけん》の実証を示していくのである。

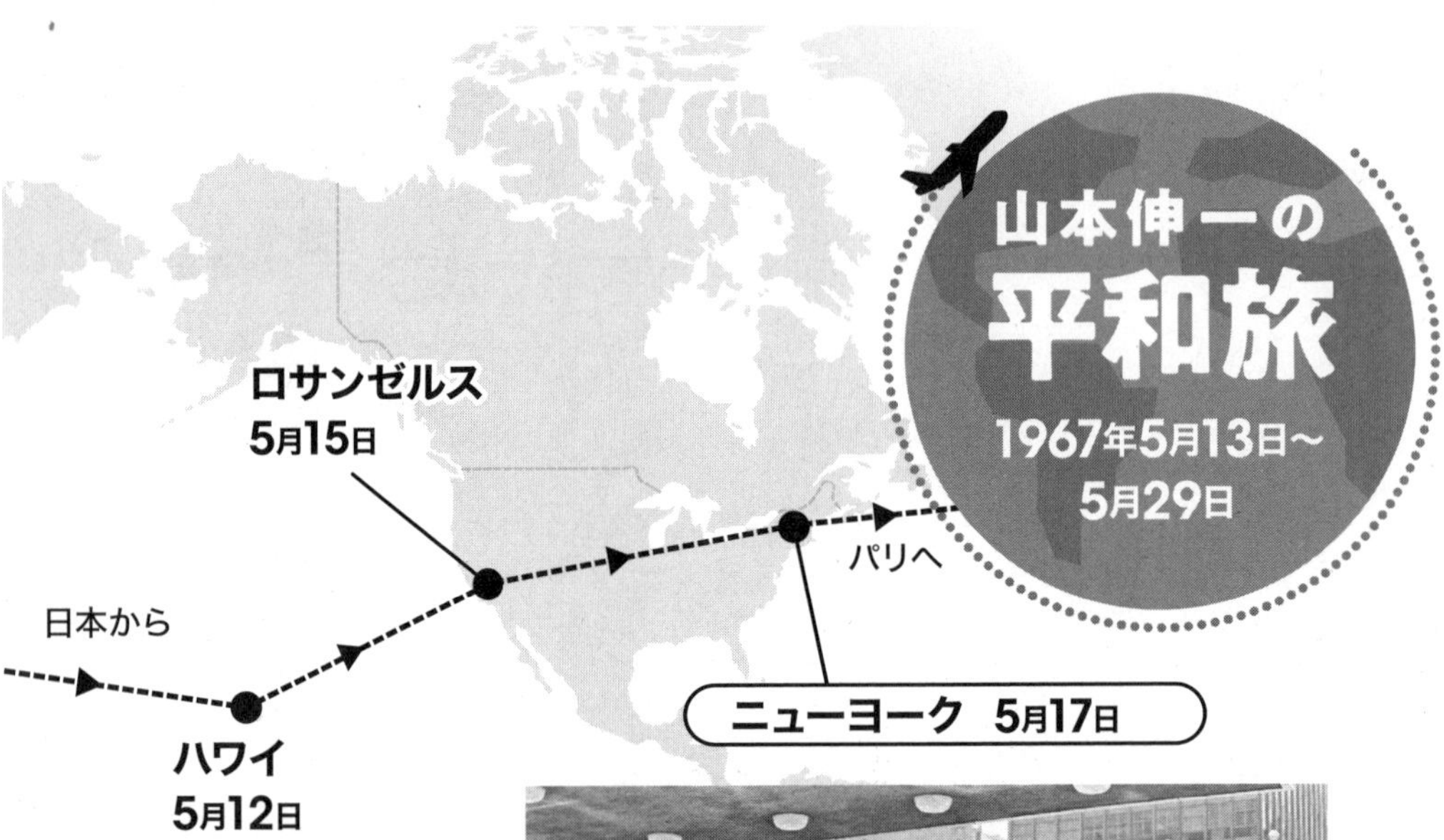

ニューヨークの国連本部で
（1967年5月）

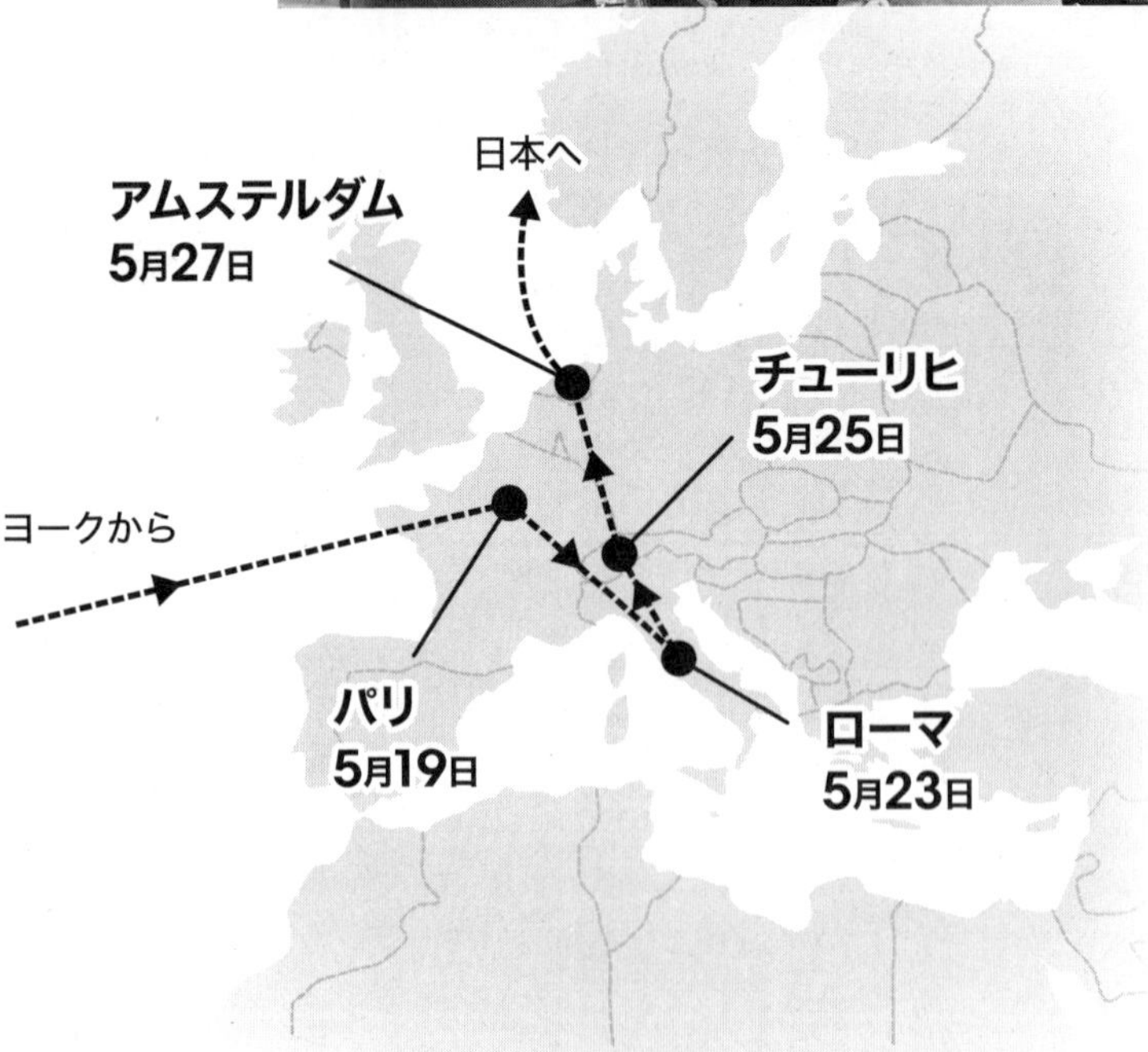

※日付（現地時間）は到着の日

創価学園 開校の軌跡《きせき》

東京・小平市の創価学園の建設現場を視察する池田先生（1967 年 9 月）

創価学園の第 1 回入学式の後、池田先生と学園生が「青年と鷲」の像を除幕（1968 年 4 月）

〈創価学園をたびたび訪《おとず》れた山本伸一《やまもとしんいち》は、時に寮生《りょうせい》・下宿《げしゅく》生を、時に成《せい》績不振《せきふしん》に悩《なや》む生徒を温かく励ました〉

山本伸一は、生徒の幸福と栄光の未来を考え、一人ひとりを大切にする心こそが、創価教育の原点であり、精神であると考えていた。

国家のための教育でもない。企業《きぎょう》のための教育でもない。教団のための教育でもない。本人自身の、そして社会の、自他ともの幸福と、人類の平和のための教育こそ、創価教育の目的である。　**（「栄光」の章、395㌻）**

年	月	日	創価学園の創立までの経緯
1950 年	晩秋		戸田先生の事業が苦境の中、学校の設立構想を聞く
1960 年	4 月	5 日	東京・小平市の土地を視察
1964 年	6 月	30 日	第 7 回学生部総会で「創価大学」の設立構想を発表
1965 年	11 月	26 日	大学の第 1 回設立審議会で、先に高校を建設する計画を発表
1966 年	11 月	18 日	創価中学・高校の起工式に出席
1968 年	1 月	29 日	校舎の落成式に出席
	4 月	8 日	第 1 回入学式。式典後に創価学園を訪れ、生徒らを激励。モットーの碑の除幕や、栄光橋の渡り初めを行う

第12巻

名場面編

「新緑《しんりょく》」の章　真《しん》剣《けん》の二字に勇気と知《ち》恵《え》が

〈1967年（昭和42年）5月3日、会長就任《しゅうにん》7周年を迎《むか》えた山本伸一《やまもとしんいち》は、10日後には海外指導に出発し、最初の訪問地・ハワイへ〉

今回《こんかい》の旅で彼《かれ》（＝山本伸一）が決意していたこともまた、七年前と同じく、一人《ひとり》でも多くの人と会い、励《はげ》まし、その胸中《きょうちゅう》に使命《しめい》の種《たね》を植《う》えることであった。それ以外《いがい》に、広宣流布《こうせんるふ》の飛翔《ひしょう》の王道《おうどう》はないからだ。

（中略）

彼は握手《あくしゅ》をしながら、その人のための励《はげ》ましの言葉《ことば》を、瞬時《しゅんじ》に紡《つむ》ぎ出《だ》した。

ある年配者《ねんぱいしゃ》には、こう激励《げきれい》した。

「いつまでも、長生《ながい》きをしてください。

人生《じんせい》の勝利《しょうり》の姿《すがた》は、地位《ちい》や名誉《めいよ》を手に入れたかどうかで決まるものではありません。最後《さいご》は、どれだけ喜《よろこ》びをもって、はつらつとした心《こころ》で、人生を生《い》き抜《ぬ》いたかです。あなたの、その姿自体《すがたじたい》が、信心《しんじん》のすばらしさの証明になります」

また、ある青年《せいねん》には、こう語った。

「〝信心の英雄《えいゆう》〟になろうよ。それには、自分《じぶん》に負けないで、君自身《きみじしん》の広布《こうふ》の歴史《れきし》をつくることだよ。私もそうしてきたし、それが最高《さいこう》の人生の財産《ざいさん》になる」

どの言葉も、最《もっと》も的確《てきかく》に、相手の心をとらえていた。

魂《たましい》の琴線《きんせん》をかき鳴《な》らし、歓喜《かんき》の調《しら》べ、勇気の調べを奏《かな》でた。

この日の夜《よる》、ホテルで打《う》ち合《あ》わせをした折《おり》、アメリカの日系人《にっけいじん》の幹部《かんぶ》が伸一に尋《たず》ねた。

「先生《せんせい》がそれぞれのメンバーに語られる、激励の言葉を聞かせていただきまして、その内容《ないよう》が本人《ほんにん》にとって、本当《ほんとう》にぴったりのことばかりなので驚《おどろ》いております。

どうすれば、ああいう言葉をかけることができるのでしょうか」
「私は真剣《しんけん》なんです！」
伸一《しんいち》から返ってきたのは、その一言であった。特別《とくべつ》な秘訣《ひけつ》や技巧《ぎこう》などはない。

真剣——この二字《じ》のなかには、すべてが含《ふく》まれる。真剣であれば、勇気《ゆうき》も出る。力《ちから》も湧《わ》く。知恵《ちえ》も回る。また、真剣の人には、ふざけも、油断《ゆだん》も、怠惰《たいだ》もない。だから、負《ま》けないのである。そして、そこには、健気《けなげ》さが放《はな》つ、誠実《せいじつ》なる人格《じんかく》の輝《かがや》きがある。

伸一が、一人《ひとり》ひとりに的確《てきかく》な励《はげ》ましを送《おく》ることができるのも、〝もうこの人と会うのは最後《さいご》かもしれない〟という、一期一会《いちごいちえ》の思《おも》いで、瞬《しゅん》間《かん》、瞬間、魂《たましい》を燃焼《ねんしょう》し尽《つ》くして、激励《げきれい》にあたっているからである。相手《あいて》が〝どういう気持《きも》ちでいるのか〟〝何を悩《なや》んでいるのか〟〝どんな生活《せいかつ》をしているのか〟など、一念《いちねん》を研《と》ぎ澄《す》まして洞《どう》察《さつ》し、発心《ほっしん》と成長《せいちょう》を祈《いの》り念《ねん》じて、魂の言葉を発《はっ》しているのだ。

（「新緑」の章、20〜23ページ）

「愛郷《あいきょう》」の章　腹を決めれば力《ちから》が湧《わ》く！

〈長野総合本部長の赤石雪夫《あかいしゆきお》は、青年時代に、兼任《けんにん》した役職を全《まっと》うしていくことに悩《なや》み、山本伸一《やまもとしんいち》のアパートを訪《おとず》れたことがあった。伸一は彼を銭湯《せんとう》に誘《さそ》った〉

赤石は、湯《ゆ》につかりながら、伸一に尋《たず》ねた。

「たくさんの役職《やくしょく》をもち、私なんかより、はるかに多忙《たぼう》なのに、どうして、そんなに悠然《ゆうぜん》としていられるんでしょうか」

（中略）

「もし、みんなの目にそう映《うつ》るとしたなら、それは、私が腹《はら》を決めているからだよ。

一瞬《いっしゅん》たりとも、気《き》を抜《ぬ》くことはできないというのが、今の私の立場《たちば》だ。戸田先生《とだせんせい》のご存命中《ぞんめいちゅう》に広宣流布《こうせんるふ》の永遠《えいえん》の流《なが》れを開いていただかなくてはならない。そのためには、学会《がっかい》は、失敗《しっぱい》も、負《ま》けることも、決《けっ》して許《ゆる》されない。私は、その責任《せきにん》を担《にな》っている。

もし、負けるようなことがあれば、先生の広《こう》宣流布《せんるふ》の構想《こうそう》が崩《くず》れてしまうことになる。師匠《ししょう》の構想を破綻《はたん》させるような弟子《でし》には、私は絶対《ぜったい》になってはならないと心《こころ》に決めている。そんな弟子では、結果的《けっかてき》にみれば、師子身中《しししんちゅう》の虫《むし》と変わらないじゃないか。だから、負けられないんだ。勝つことが宿命《しゅくめい》づけられているんだ。

私は断《だん》じて勝つ――そう心を定《さだ》めて、祈り抜《ぬ》いていけば、勇気《ゆうき》も湧《わ》く。知恵《ちえ》も湧く。力《ちから》も湧いてくる」

赤石は、何度《なんど》も頷《うなず》きながら、伸一《しんいち》の話《はなし》を聞いていた。

「何事《なにごと》も受《う》け身《み》で、人に言われて動《うご》いていれば、つまらないし、勢《いきお》いも出ない。その精神《せいしん》は奴隷《どれい》のようなものだ。しかし、自《みずか》ら勇《いさ》んで挑戦《ちょうせん》していくならば、王者《おうじゃ》の活動《かつどう》だ。生命は燃《も》え上《あ》がり、歓喜《かんき》もみなぎる。

同じ動《うご》きをしているように見えても、能動《のうどう》か、受動《じゅどう》かによって、心《こころ》の燃焼度《ねんしょうど》、充実度《じゅうじつど》は、全《まった》く異《こと》なる。それは、当然《とうぜん》、結果《けっか》となって表《あらわ》れてくる。

どうせ活動《かつどう》するなら、君《きみ》も、常《つね》に自分《じぶん》らしく、勇《いさ》んで行動《こうどう》する主体者《しゅたいしゃ》になることだよ」

（中略）

アパートに戻《もど》ってからも、伸一《しんいち》は、赤石《あかいし》を励《はげ》まし続《つづ》けた。

「（中略）青年部員《せいねんぶいん》として自分を磨《みが》き、見事《みごと》に責任《せきにん》を果《は》たし、生涯《しょうがい》、青年の気概《きがい》で生《い》き抜《ぬ》いていくことだよ。青年は挑戦《ちょうせん》だ。何があっても逃《に》げずに、すべてをやり切っていくんだ。それによって自分を磨き、力《ちから》をつけ、福運《ふくうん》をつけ、大《だい》成長《せいちょう》していくことができる。

だから、広宣流布《こうせんるふ》のために、うんと苦労《くろう》をしようよ。うんと悩《なや》もうよ。うんと汗《あせ》を流《なが》そうよ。自分の苦労なんて、誰《だれ》もわからなくてもいいじゃないか。御本尊様《ごほんぞんさま》は、すべてご存《ぞん》じだもの」

（「**愛郷**」の章、134～136㌻）

「天舞《てんまい》」の章　立場などかなぐり捨てて

〈1967年（昭和42年）10月、国立競技場で開催《かいさい》された東京文化祭《ぶんかさい》では、4万2千人が出演《しゅつえん》した人文字《ひともじ》が、花園《はなぞの》を駆《か》ける子鹿《こじか》や、世界各地の風景を描《えが》き出《だ》し、観客を魅了《みりょう》した〉

下絵《したえ》の制作《せいさく》にあたった芸術部員《げいじゅつぶいん》のなかには、日展《にってん》で特選《とくせん》を受賞《じゅしょう》した画家《がか》や、ある美術協会《びじゅつきょうかい》の創立会員《そうりつかいいん》として名《な》を連《つら》ね、世間《せけん》によく名の通《とお》った画家もいた。その著名《ちょめい》な画家たちがつくった下絵も、容赦《ようしゃ》なくボツになった。

検討《けんとう》するメンバーは、それを誰《だれ》が描《か》いたのか知らなかったし、皆《みな》が感嘆《かんたん》し、納得《なっとく》のいく絵でなければ、審査《しんさ》はパスしなかったからだ。

だが、何度《なんど》、ボツになろうが、そのことで文《もん》句《く》を言ったり、やめると言い出す芸術部員は一人もいなかった。皆《みな》、自分《じぶん》の画壇《がだん》での立場《たちば》も権《けん》威《い》も、かなぐり捨《す》てていた。メンバーは、皆で力《ちから》を合わせ、後世《こうせい》に残《のこ》る最高《さいこう》の人文字をつくることに徹《てっ》しきろうと、心《こころ》を定《さだ》め、集《つど》って来たのである。

だから、絵がボツになると、自分の絵のどこに問題《もんだい》があったのかを真摯《しんし》に思索《しさく》し、挑戦《ちょうせん》の意《い》欲《よく》をますます燃《も》え上《あ》がらせるのであった。およそ、一般社会《いっぱんしゃかい》では考《かんが》えられない、この姿《すがた》を見て、若手《わかて》の芸術部員が著名な画家に言った。

「高名《こうめい》な先生が、ボランティアで、人文字の下絵を描かれるとは思いませんでした」

すると、彼《かれ》は笑いながら答えた。

「私は、画家である前に学会員《がっかいいん》ですからな。一会員として、広宣流布《こうせんるふ》の新時代を開く文化祭のために、何ができるかを考え、応援《おうえん》させていただいているんです。この文化祭は、映画《えいが》にもなるそうですから、何百万という人が、文化祭を見ることになる。その人たちに、心から感

動を与《あた》え、生きる勇気《ゆうき》と希望《きぼう》を与えるお手伝《てつだ》いができるなんて、すごいことじゃないですか。さらに、この作業《さぎょう》が、仏法《ぶっぽう》のすばらしさを証明《しょうめい》していくことにもなる。

こうした偉業《いぎょう》にかかわれるというのは、まさに千載一遇《せんざいいちぐう》ですよ。

また、いろいろな考えや画風《がふう》の人が、力《ちから》を合わせて、新《あたら》しい芸術《げいじゅつ》を創《つく》り出《だ》すことなんて、めったにあるもんじゃない。普段《ふだん》は自分《じぶん》の世界に閉《と》じこもっているだけに、この機会《きかい》は、私にとっては、新しい刺激《しげき》と発想が得《え》られるチャンスだと思っています。

今回《こんかい》の作業を通《とお》して、狭量《きょうりょう》な自分の殻《から》を破《やぶ》り、境涯《きょうがい》を開きたいと考えているんですよ」

（中略）

芸術部員《げいじゅつぶいん》は画家《がか》ばかりでない。俳優《はいゆう》や音楽家《おんがくか》など、絵とは関係《かんけい》なのない人も多い。でも、そうしたメンバーが、「なんでもやらせていただきます」と言って、集《つど》って来てくれたのである。

（『天舞』の章、213〜215ページ）

「栄光」の章「未来に羽《は》ばたけ 君と僕」

〈1968年（昭和43年）、創価学園《がくえん》が開校した。栄光寮《えいこうりょう》の寮生《りょうせい》たちは寮歌《りょうか》を作詞し、曲が付けられた。7月、その歌をテープに吹《ふ》き込《こ》み、山本伸一《やまもとしんいち》のもとに届《とど》けた〉

伸一は、それを、妻《つま》の峯子《みねこ》とともに聴《き》いた。

「いい歌だね。さわやかで、すがすがしい。そして、力強《ちからづよ》い。二十一世紀《せいき》に羽《は》ばたかんとする、学園生の心意気《こころいき》がみなぎっている。名曲《めいきょく》が完成したね」

伸一は、毎日《まいにち》、このテープを聴き、学園生の未来《みらい》に思いをめぐらせ、成長を祈念《きねん》した。

（中略）

伸一は、彼《かれ》らの一途《いちず》な開道《かいどう》の心意気《こころいき》に、なんとしても応《こた》えたいと思《おも》った。そして、寮歌《りょうか》の五番の歌詞《かし》をつくって、贈《おく》ろうと考《かんが》えた。

八月は夏季講習会《かきこうしゅうかい》が二十三日まで行《おこな》われ、陣《じん》頭指揮《とうしき》をとっていた伸一は多忙《たぼう》を極《きわ》めていたが、寮歌の五番の作詞《さくし》に取りかかった。

四番までの歌詞を何度《なんど》も読《よ》み返《かえ》しては思索《しさく》し、五番では友情《ゆうじょう》をうたおうと思った。

ペンを手にすると、伸一の頭《あたま》には、泉《いずみ》のように言葉《ことば》が浮《う》かんだ。

それを吟味《ぎんみ》するかのように、推敲《すいこう》を重ね、歌詞を書《か》き記《しる》していった。

五、富士《ふじ》が見えるぞ　武蔵野《むさしの》の
渓流清《けいりゅうきよ》き　鳳雛《ほうすう》の
平和《へいわ》をめざすは　何《なん》のため
輝《かがや》く友《とも》の　道拓《みちひら》く
未来《みらい》に羽《は》ばたけ　君《きみ》と僕《ぼく》

「輝く友の　道拓く」の箇所《かしょ》には、学園生のために命《いのち》がけで道を開こうと決めた、伸一自身の決意も込《こ》められていた。

（中略）

歌詞を聞くと、皆《みな》、歓声《かんせい》をあげて喜《よろこ》び合《あ》った。

そして、九月六日のグラウンド開《びら》きで、全員《ぜんいん》で大合唱《だいがっしょう》することになったのである。

グラウンドに組《く》み上《あ》げられた古木《こぼく》は、音《おと》を立てて燃《も》え盛《さか》っていた。寮歌《りょうか》を熱唱《ねっしょう》する生徒たちの顔《かお》は紅潮《こうちょう》し、その炎《ほのお》よりも赤《あか》かった。歌《うた》は五番に入ると、一段《いちだん》と力強《ちからづよ》さを増《ま》した。

（中略）

学園生《がくえんせい》は、「君《きみ》と僕《ぼく》」の歌詞《かし》に、二つの意味《いみ》を感《かん》じ取《と》っていた。

一つは、「君」は「友《とも》」であり、「僕」は「自《じ》分《ぶん》」である。そして、もう一つは、「君」が「自分」であり、「僕」は、創立者《そうりつしゃ》である「山本《やまもと》伸一《しんいち》」である。

歌いながら、生徒《せいと》たちは、伸一が極《きわ》めて身近な存在《そんざい》に思えた。そして、ともに未来《みらい》に向かって前進《ぜんしん》する、共戦《きょうせん》の父子《ふし》の絆《きずな》を感じるのであった。

（「栄光」の章、354～357ページ）

第12巻

御書編

原則の順守《じゅんしゅ》が事故を防《ふせ》ぐ

御文

四条金吾殿御返事《しじょうきんごどのごへんじ》　御書1169ページ

さきざきよりも百千万億倍《おくばい》・御用心《ごようじん》あるべし

通解

以前よりも百千万億倍《おくばい》、用心《ようじん》していきなさい。

小説の場面から

〈ヨーロッパの中心者である川崎鋭治《かわさきえいじ》は、車の運転で事故を起こしてしまう〉

事故には、必ず予兆《よちょう》があるものだ。

川崎鋭治は、以前、雨のなかでハンドルを切り損《きそこ》ねて、大きな石に乗り上げ、車が転倒《てんとう》するという事故を起こしていた。

この時は、怪我《けが》はなかったものの、車は廃車《はいしゃ》にせざるをえなかった。

その直後、日本に来た川崎鋭治から話を聞いた山《やま》本伸一《もとしんいち》は、こう指導した。

「これは、さらに大きな事故の前兆と受け止めるべきです。リーダーというのは、神経を研《と》ぎ澄《す》まし、一つの事故を戒《いまし》めとして、敏感《びんかん》に対処《たいしょ》していかなくてはならない。

そうすれば、大事故を未然《みぜん》に防《ふせ》げる。

これからは、もう交通事故など、二度と起こすものかと決めて、真剣《しんけん》に唱題《しょうだい》し、徹《てっ》して安全運転のための原則を守り抜くことです。

また、疲労《ひろう》や睡眠不足《すいみんぶそく》も、交通事故を引き起こす大きな原因になる。だから、常にベストコンディションで運転できるように、工夫《くふう》しなければならない。それが、ドライバーの義務です。

（中略）

運転しながら話をして、脇見《わきみ》をするようなことがあっては、絶対にならない。

それから、幹部は、自分だけではなく、会合が終わったあとなどに、無事故と安全運転を呼びかけていくことも大事です。その一言が、注意を喚起《かんき》し、事故を未然に防ぐ力《ちから》になる」

（「新緑」の章、52〜53ジペー）

愛《あい》郷《きょう》の心が地域活性《かっせい》の源泉《げんせん》

御文

今《いま》日蓮《にちれん》等《ら》の類《たぐ》い南無妙法蓮華経《なんみょうほうれんげきょう》と唱《とな》え奉《たてまつ》る者《もの》の住処《じゅうしょ》は山谷曠野《せんごくこうや》皆《みな》寂光土《じゃっこうど》なり

御義口伝《おんぎくでん》　御書781ページ

通解

いま南無妙法蓮華経《なんみょうほうれんげきょう》と唱《とな》える日蓮《にちれん》とその門下《もんか》の住所は、それが山であり、谷であり、広野《こうや》であっても、すべて寂光土《じゃっこうど》である。

小説の場面から

〈1967年（昭和42年）8月、山本伸一《やまもとしんいち》は岐阜・高山市を訪問。同志は郷土《きょうど》の発展を祈り、地域に尽《つ》くしていた〉

村《むら》（町《まち》）おこしや地域の活性化《かっせいか》は、どこでも切実《せつじつ》な問題であるが、特に過疎《かそ》の村や山間《やまあい》の地などにとっては、存亡《そんぼう》をかけた大テーマであろう。

だが、住民が、その地に失望し、あきらめをいだいている限り、地域の繁栄《はんえい》はありえない。

地域を活性化する源泉《げんせん》は、住民一人ひとりの愛郷《あいきょう》の心であり、自らが地域建設の主体者であるとの自《じ》覚《かく》にある。いわば、住民の心の活性化にこそ鍵《かぎ》がある。

（中略）

いかなるところであろうが、私たちが信心に励《はげ》むその場所が、仏《ほとけ》のいる寂光土《じゃっこうど》となる。

ゆえに創価の同志は、現実を離《はな》れて、彼方《かなた》に理想や幸福を追い求めるのではなく、自分のいるその地こそ、本来、宝土《ほうど》であるとの信念に生き抜いてきた。

そして、いかなる逆境のなかでも、わが地域を誇《ほこ》らかな理想郷《りそうきょう》に変え、「幸福の旗《はた》」「勝利の旗」を打ち立てることを人生哲学《じんせいてつがく》とし、自己の使命としてきた。

地域の繁栄《はんえい》は、人びとの一念を転換《てんかん》し、心という土壌《どじょう》を耕《たがや》すことから始まる。そこに、強き郷土愛の根が育《はぐく》まれ、向上の樹木《じゅもく》が繁茂《はんも》し、知恵《ちえ》の花が咲《さ》き、地域は美しき幸《さち》の沃野《よくや》となるからだ。

また、そのための創価の運動なのである。

（「**愛郷**」の章、194～195ページ）

内面の変革《へんかく》が平和の第一歩

私は、これまで池田博士のさまざまな著作《ちょさく》や大学講演集を読んできました。

中でも、印象に残っているのが、博士が１９９６年６月、私の母校でもあるアメリカ・コロンビア大学ティーチャーズ・カレッジで、世界市民教育をテーマに行《おこな》った大学講演です。

席上、博士は、同カレッジのレヴィン学長（当時）の「教育は、社会の変革《へんかく》のための最も効果の遅《おそ》い手段《しゅだん》かもしれない。しかし、それは、変革のための唯一《ゆいいつ》の手段である」との信条に、深い共感を寄せられました。

半世紀超《こ》す執筆に思う 識者が語る

ニューヨーク大学
プラハ（チェコ）心理学部長
イデル・サンダース博士

どういった点で、両者が響《ひび》き合ったのか。私は学長の言葉の中に、博士の「人間革命」の思想に通じる部分があったからだと思います。

そもそも良い教育は、人間の心といった内面を変革する「人間革命」を伴《ともな》うものです。

博士が綴《つづ》ってきた小説『人間革命』『新・人間革命』には、ＳＧＩメンバーが各国・地域で直面した偏《へん》見《けん》や差別の歴史が描《えが》かれています。

人間は誰《だれ》しも、自身とは異《こと》なる他者への恐怖心《きょうふしん》を持っています。しかし、メンバーは内なる自己《じこ》に働き掛《か》けながら、勇気を持って他者に語り、多様性を尊重《そんちょう》していく。これは、まさに良い教育の過程そのものであり、非常に価値あるものなのです。

私は、あるアメリカの宗教学者《しゅうきょうがくしゃ》から、SGIメンバーに対して行《おこな》ったインタビューの感想を聞いたことがあります。

メンバーには、自身の生活を向上させながら、社会に貢献《こうけん》する生き方が根付いていたそうです。そして、一人一人から、差別の心を感じなかったというのです。多くの仏教を研究してきたその学者は「SGIほど、人種や民族など、異なった属性《ぞくせい》を持った人々が集まるのは見たことがない」と語っていました。

仏教は、長い時間をかけて築かれた「心の科学」と言ってもよいでしょう。日蓮は「心の師とはなるとも心を師とせざれ」（御書1025ページ）との指針《ししん》を残し、それがSGIでは、メンバーの生き方に反映《はんえい》されています。そこには自身の心の成長を促《うなが》す原理があります。

私は心理学者として、また世界市民として、人々が心を成長させ、家族や社会に貢献する、幸福な人間になってほしいと思っています。

ゆえに、小説に描《えが》かれる〝一人の心の変革こそ、世界平和につながる第一歩である〟との池田博士の考え方に、大きな期待を寄せています。

池田先生の講演から20周年を記念し、アメリカ・コロンビア大学ティーチャーズ・カレッジで行われた「世界市民」教育セミナー。多くの教育者が集い、未来を展望した（2016年6月）

Edel Sanders

アメリカ・コロンビア大学で修士号、イギリスのケンブリッジ大学で博士号を取得。2014年から現職。専門は教育心理学、認知心理学。

ここにフォーカス

第１号の対談集

「天舞《てんまい》」の章に、クーデンホーフ・カレルギー伯爵《はくしゃく》と山本伸一《やまもとしんいち》との対談の様子がつづられています。

伯爵は、28歳で欧州《おうしゅう》の統合を訴えた著書《ちょしょ》『パン・ヨーロッパ』を出版。第２次世界大戦の渦中《かちゅう》、ナチス・ドイツの迫害《はくがい》を受け、亡命《ぼうめい》を余儀《よぎ》なくされますが、欧州統合の実現へ向け、行動を続けました。

伸一との対談が実現した1967年（昭和42年）は、現在の欧州連合（ＥＵ）の前身である欧州共同体（ＥＣ）が誕生《たんじょう》した年でもありました。

創価学会を「世界最初の友愛運動である仏教のよみがえり」と評価していた伯爵は、伸一との対談の折にも、「創価学会による日本における仏教の復興《ふっこう》は、世界的な物質主義に対する、日本からの回答であると思います。これは、宗教史上、新たな時代を開くものとなるでしょう」とたたえています。

その後も２人の交流は続き、書簡《しょかん》のやりとりが重《かさ》ねられます。70年（同45年）10月には、開校３年目の創価学園、聖教新聞本社などで、国際情勢や青年論など、多岐《たき》にわたるテーマで、計10時間を超《こ》える語らいが行われました。

２人の対談は、『文明・西と東』として出版されました。今、池田先生の世界の識者との対談集は80点に及《およ》びます。伯爵との対談集は、その第１号となったのです。

第12巻

解説編

紙上講座

池田博正 主任副会長

動画で見る
セイキョウオンラインのトップページからも視聴できます

ポイント

①対話が持つ力《ちから》
②青年育成の要諦《ようてい》
③学園創立《そうりつ》の意義

小説『新・人間革命』第12巻の「愛郷《あいきょう》」の章では、打ち続く地震《じしん》の中、互《たが》いに支《ささ》え合《あ》いながら、苦《く》難《なん》に立ち向かう長野・松代《まつしろ》の同志の姿《すがた》が描《えが》かれています。物的な被害《ひがい》と同時に、精神的な被害も拡大する中、同志は励《はげ》ましのネットワークを広げていきました。

２０１９年の台風19号は、各地で甚大《じんだい》な被害をもたらしました。被災《ひさい》された方々に心からお見舞《みま》い申し上げるとともに、お一人お一人の一日も早い生活再建《さいけん》、被災地の復旧・復興を、真剣《しんけん》に祈ってまいりたいと思います。

◇

第12巻は、２００１年（平成13年）４月20日から、連載《れんさい》が始まりました。21世紀が開幕《かいまく》して最初の連載でした。連載とともに、私たちは21世紀の広布前進《こうふぜんしん》のリズムを刻《きざ》んできました。

「新緑」の章は、山本伸一《やまもとしんいち》の第３代会長就任《しゅうにん》７周年となる、１９６７年（昭和42年）５月３日の本部総会の場面から書き起こされています。

席上、伸一は「これからの七年は、これまでの学会創立《そうりつ》以来の歴史よりも、さらに重要であり、広宣《こうせん》

第11巻
第12巻
第13巻
第14巻
第15巻

流布《るふ》達成《たっせい》の勝負を決し、基礎《きそ》を築く七年間であると思います」（12ページ）と語りました。

伸一《しんいち》が会長に就任した60年（昭和35年）以降《いこう》の7年間で、学会は140万世帯から625万世帯となり、文部数も61から国内だけで3393までに飛躍《ひやく》しました。

こうした広布伸展《こうふしんてん》の中、伸一は方面にモットーを示していきます。四国の「楽土《らくど》建設の革命児《かくめいじ》たれ」をはじめ、「人材の牙城《がじょう》・東北たれ」など、次々と発表（202ページ）。それらは今、各地の伝統精神となっています。

モットーは、地域に誇《ほこ》りを持ち、今いる場所で使命を果たす大切さを訴《うった》えたものです。〝広布《こうふ》達成の基礎を築く〟前進の時に、伸一は「地域広布」の大切さを改めて示したのです。

また、67年10月、彼はクーデンホーフ・カレルギー伯爵《はくしゃく》と会見し、「文明間対話」を開始しています。

「天舞《てんまい》」の章に、「世界平和を希求《ききゅう》し、その方途《ほうと》を懸命《けんめい》に探求《たんきゅう》する伯爵は、まさに、彼にとって〝同志〟にほかならなかった」（278ページ）と記されています。

伸一にとって、目的を共有し、同じ心で進む人は、宗教の違《ちが》い等に関係なく「同志」でした。だからこそ、伸一の対話には、相手への尊敬《そんけい》があり、魂《たましい》の共鳴が広がり、堅固《けんご》な心と心の絆《きずな》が結ばれていくのです。

同章には、「相互《そうご》理解といっても、また、友情といっても、それは、直接会って、語り合うことから始まる」（274ページ）とあります。これこそ、対話が持つ力《ちから》です。

世界平和は、身近な一人と友情を育《はぐく》んでいくことから始まります。地域で対話の輪《わ》を広げる私たちの運動の意義は、ますます大きくなっています。

人生を重《かさ》ね合《あ》わせる

「広宣流布は青年部の手で、必ず成《な》し遂《と》げていかなくてはならない」（135ページ）――これが、青年部に対する伸一の一貫《いっかん》した思いです。

「新緑《しんりょく》」の章で、青年育成の要諦《ようてい》が4点挙《あ》げられています。

1点目は「自分以上の人材にしようという強い一念《いちねん》をもち、伸《の》び伸びと育てていくこと」(40ジペー)。

2点目は「広宣流布《こうせんるふ》のリーダーとしての考え方や行動などの基本を教え、しっかりと、身につけさせること」(41ジペー)。

3点目は「実際に仕事を任《まか》せ、活躍《かつやく》の舞台《ぶたい》を与《あた》えること」(同ジペー)。

4点目は「悩《なや》みを信心のバネにしていくように励《はげ》ますこと」(42ジペー)です。

この4点は、青年育成の普遍《ふへん》の方程式です。

第12巻では、海外で奮闘《ふんとう》する青年をはじめ、東京文化祭に出演した男女青年部の苦闘《くとう》が詳細《しょうさい》に描《えが》かれています。

それらは、決して過去の物語ではありません。仕事の行き詰《づ》まりや病気など、さまざまな悩みと格闘《かくとう》する姿《すがた》を通して、同じ苦境にある今の青年への励ましなのです。

伸一《しんいち》は青年たちに対して、「互《たが》いに人を頼《たよ》るのではなく、皆《みな》が一人立たなければならない」(63ジペー)と語り、「それぞれが広布《こうふ》の主役であることを自覚し、信心のヒーロー、ヒロインとして、果敢《かかん》なる挑戦《ちょうせん》のドラマを」(64ジペー)と望んでいます。

このエールもまた、今の青年に送られたものにほかなりません。インドをはじめ、海外の青年部も今、伸一と自身の人生を重《かさ》ね合《あ》わせ、『新・人間革命』の研さんに取り組んでいます。『新・人間革命』に記されたシーンを、〝人ごと〟ではなく、〝わがこと〟として捉《とら》え、行動していく。その求道心こそ、自身の成長の源泉《げんせん》です。

先師を宣揚《せんよう》する戦い

今年(＝2019年)の「11・18」は、創価教育の父・牧口常三郎《まきぐちつねさぶろう》先生の殉教《じゅんきょう》75年に当たります。

2017年、ブラジル創価学園に「高校の部」が開設されるなど、創価教育の光は今、世界を照《て》らしています。

「栄光《えいこう》」の章では、創価学園（中学校・高校）創立《そうりつ》の意義がつづられています。

創価学園の建設は、伸一《しんいち》にとって、「先師・牧口常三郎の教育思想と正義を宣揚《せんよう》する、第三代会長としての戦い」（321㌻）であり、恩師・戸田城聖《とだじょうせい》先生から託《たく》された構想でした。

創価学園の「創立記念日」は、牧口先生の祥月命日《しょうつきめいにち》である11月18日です。つまり、学園の創立は、「牧口先生の教育思想を宣揚し、継承《けいしょう》していく」との誓《ちか》いが込《こ》められているのです。

学園の開校時、伸一は40歳でした。牧口先生と戸田先生は29歳の年齢差《ねんれいさ》があり、戸田先生と伸一は28歳の差でした。伸一は、学園1期生と自らが、同じほどの年の差であることに、不思議な感慨《かんがい》を覚えます。

翌《よく》69年7月17日、学園の第2回「栄光祭」の席上、伸一は万感の思いを語ります。「諸君《しょくん》は、今の私と、ほぼ同じ年代に、二十一世紀を迎《むか》えることになる」（384㌻）、「二〇〇一年を楽しみにして、諸君のために道を開き、陰《かげ》ながら諸君を見守っていきます。それが、私の最大の喜びであるし、私の人生です」（385㌻）

伸一の思いを受け、学園生は21世紀へ飛翔《ひしょう》を開始していきます。

「栄光」の章は、2001年9月の「創価学園二十一世紀大会」で締《し》めくくられています。その場面が聖教に掲載《けいさい》されたのは、大会が行われた、わずか3カ月後でした。

卒業生からは、医師《いし》や弁護士《べんごし》、公認会計士《こうにんかいけいし》など、社会の各分野で活躍《かつやく》する人材が誕生《たんじょう》しています。牧口先生、戸田先生の構想を継《つ》ぎ、伸一がまいた創価教育の種《たね》は、21世紀の今、大きく花開いています。

名言集

人生の道

人生の道は、人それぞれであり、さまざまな生き方がある。しかし、広宣流布《こうせんるふ》の大使命に生き抜くならば、いかなる道を進もうが、最も自身を輝《かがや》かせ、人生の勝者となることは絶対に間違《まちが》いない。

（「新緑」の章、38ページ）

今日《きょう》を勝て

昨日《きのう》、しくじったならば、今日《きょう》、勝てばよい。今日、負けたなら、明日《あした》は必ず勝つ。そして、昨日も勝ち、今日も勝ったならば、勝ち続けていくことです。

（「愛郷」の章、158ページ）

文化は人間性の発露《はつろ》

文化は、人間性の発露《はつろ》である。ゆえに、優《すぐ》れた文化を創造《そうぞう》するには、まず、人間の精神、生命《せいめい》を耕《たがや》し、豊かな人間性の土壌《どじょう》を培《つちか》うことである。そして、それこそが宗教の使命といえる。

（「天舞」の章、200ページ）

世界の平和

世界の平和とは、与《あた》えられるものではない。人間が、人間自身の力《ちから》と英知《えいち》で、創造していくものだ。

（「天舞」の章、265ページ）

青春時代

青春時代を生きるうえで大事なことは、自分の弱さ

第11巻
第12巻
第13巻
第14巻
第15巻

に負けたり、引きずられたりしないで、自分に挑戦《ちょうせん》していくことなんです。自分を制《せい》し、自分に打ち勝つことが、いっさいに勝利していく要諦《ようてい》であることを、忘れないでください。

（「栄光」の章、338ページ）

東京・小平市の創価学園。2017年4月、創立者の池田先生が香峯子夫人と共に訪問した折、撮影した。第12巻の「栄光」の章では、学園創立の歴史がつづられている

伝統の民族衣装でダンスを披露したオランダの友に感謝を伝える池田先生(1983年6月、アムステルダムで)

『新・人間革命』

第13巻

「聖教新聞」連載

（2002年4月1日～12月13日付）

第13巻

基礎資料編

各章のあらすじ

物語の時期

1968年（昭和43年）9月～1969年2月26日

1968年（昭和43年）、山本伸一《やまもとしんいち》は、大学会《だいがくかい》の結成など学生部の育成に総力をあげるなか、9月8日に開催《かいさい》された学生部総会で、中国問題について提言を行う。

当時、中華人民共和国《ちゅうかじんみんきょうわこく》は、7億を超《こ》す人口を抱《かか》えながら国連への代表権《だいひょうけん》もなく、国際的に孤立《こりつ》していた。

日本もアメリカと共に敵視政策《てきしせいさく》を取り、中ソの対立も深刻化《しんこくか》していた。

伸一は、地球民族主義の理念の上から、アジア、世界の平和を願い、「日中国交正常化提言《にっちゅうこっこうせいじょうかていげん》」を発表した。松村謙三《まつむらけんぞう》ら日中友好の先達《せんだつ》は共感と賛同《さんどう》を寄せ、中国にも打電された。一方で脅迫電話《きょうはくでんわ》が相次《あいつ》ぐなど、伸一は激《はげ》しい非難《ひなん》と中傷《ちゅうしょう》にさらされる。

「金《きん》の橋」の章

70年（同45年）、訪中《ほうちゅう》した松村は、周恩来総理《しゅうおんらいそうり》と会見。総理は、伸一を熱烈歓迎《ねつれつかんげい》するとの意向を語る。

しかし、国交回復は政治次元の問題であることから、伸一は、公明党に、日中の橋渡《はしわた》しを託《たく》す。72年（同47年）9月、日中共同声明の調印式が行われ、国交正常化が実現する。

74年（同49年）、伸一は、中国を訪問《ほうもん》。第2次訪中《ほうちゅう》では、周総理と会見し、日中友好の永遠の「金《きん》の橋」を断じて架《か》けるとの決意を固める。

1968年（昭和43年）9月、伸一《しんいち》は、北海道の旭川《あさひかわ》へ飛び、日本最北端《さいほくたん》の地・稚内《わっかない》へ向かった。

伸一は13日、旭川で、永遠の繁栄《はんえい》と幸福のために広布《こうふ》の大誓願《だいせいがん》に生《い》き抜《ぬ》くことを訴える。

翌《よく》14日、稚内を初訪問《はつほうもん》し、総支部指導会に出席。

参加者の中には、生活苦等と必死に戦いながら、利尻島《りしりとう》の広布を担《にな》ってきた夫妻《ふさい》もいた。伸一の訪問は、そうした同志の敢闘《かんとう》をたたえるためでもあった。

彼は、「稚内が日本最初の広宣流布を成《な》し遂《と》げてもらいたい」など、5項目《こうもく》の指針《ししん》を示す。最北端《さいほくたん》の厳《きび》しい条件の中で戦う学会員が、偉大《いだい》な広布の勝利の実証を示せば、全同志の希望になると期待を寄《よ》せる。

「北斗《ほくと》」の章

終了後《しゅうりょうご》、彼は夜空を見上げ、〝北海道は、この北斗七星《ほくとしちせい》のように、広布の永遠なる希望の指標に〟と思う。

9月25日、伸一は本部幹部会で、創価学会の縮図《しゅくず》である座談会の充実《じゅうじつ》を呼《よ》びかけ、自ら座談会の推進《すいしん》本部長となることを表明。

10月には静岡の富士宮市や、東京の北区の座談会へ。その波動は全国に広がり、民衆蘇生《みんしゅうそせい》の人間広場である「座談会革命《かくめい》」が進んでいく。

1968年（昭和43年）11月13日、伸一《しんいち》は奄美《あまみ》大島《おおしま》を訪《おとず》れる。5年前の初訪問《はつほうもん》に比べて、奄美群島は1総支部から、1本部2総支部へと大発展《だいはってん》していた。

奄美では、この前年、ある村で、学会員への大々的な弾圧《だんあつ》事件が起こる。

村の有力者らが、躍進《やくしん》する公明党への危機感《ききかん》から、その支援《しえん》団体である学会を敵視《てきし》し、村をあげて学会員の排斥《はいせき》が始まる。迫害《はくがい》はエスカレートし、学会員は村八分《むらはちぶ》にされ、御本尊の没収《ぼっしゅう》、解雇《かいこ》や雇用《こよう》の拒否《きょひ》、学会撲滅《ぼくめつ》を訴《うった》えるデモにまで発展する。

報告を受けた伸一は、すぐに最

「光城《こうじょう》」の章

高幹部を派遣《はけん》し、また、励《はげ》ましのハガキを送り、奄美の同志を勇気づける。彼は、相手を大きな境涯《きょうがい》で包《つつ》み込《こ》み、粘《ねば》り強《づよ》く対話を重ね、社会貢献《しゃかいこうけん》の実証を示していこうと望む。

奄美大島会館を訪れた伸一は、尊《とうと》き同志たちの激闘《げきとう》を心からたたえる。

そして、「奄美を日本の広宣流布《こうせんるふ》の理想郷《りそうきょう》に」と呼《よ》びかけ、率先《そっせん》して、会館の近隣《きんりん》にも、友好の輪を広げるのであった。

その後、奄美の同志は、伸一の指導通りに、社会貢献に取り組み、見事に広布《こうふ》の先駆《さきが》けとなって、希望の「光城《こうじょう》」を築いていく。

第11巻
第12巻
第13巻
第14巻
第15巻

「楽《らく》土《ど》」の章

1969年（昭和44年）元日付の「聖教新聞」に、伸一《しんいち》の詩「建設の譜《ふ》」が発表される。彼は、今こそ、全同志が勇猛果敢《ゆうもうかかん》に立ち上がり、万代《ばんだい》にわたる広宣流布《こうせんるふ》の堅固《けんご》な基《き》盤《ばん》を完成させなければならないと強く決意していた。

2月15日、伸一は、新装《しんそう》なった沖縄本部での勤行会に出席。各人が自らの宿命転換《しゅくめいてんかん》を図《はか》り、国土の宿命転換をも成《な》し遂《と》げようと訴《うった》える。

この頃《ころ》、沖縄では、米軍基地が多いことから、アメリカ人の入会者が増えていた。

兵士や、その家族らで構成されるマーシー地区からは、アメリカ

本土やハワイなどで幹部《かんぶ》として活《かつ》躍《やく》する世界広布《せかいこうふ》の人材も、多く輩《はい》出《しゅつ》されていく。

この訪問《ほうもん》で伸一は、アメリカ人メンバーや、わが子を不慮《ふりょ》の事故で亡《な》くした婦人等の激励《げきれい》に全力を注ぐ。

また、恩納村《おんなそん》から乗った一行の船が流され、名護の同志と劇的《げきてき》な出会いを果たす。さらに、国頭《くにがみ》から車に揺《ゆ》られ、沖縄本部に駆《か》け付けたメンバーを抱《だ》きかかえるように励《はげ》ます。

3泊《ぱく》4日《か》の沖縄指導であったが、一人一人に、楽土建設への不撓《ふとう》不屈《くつ》の闘魂《とうこん》を燃え上がらせていった。

日《にっ》中《ちゅう》国《こっ》交《こう》正《せい》常《じょう》化《か》提《てい》言《げん》

第 11 回学生部総会の席上、「日中国交正常化提言」を発表（1968 年 9 月 8 日、東京・日大講堂で）

第 11 回学生部総会（1968 年 9 月 8 日）の席上、山本伸一《やまもとしんいち》は、中国を巡《めぐ》って、次の 3 点を訴《うった》える提言を発表した。

①中国の存在《そんざい》を正式に承認《しょうにん》し、国交を正常化すること。②国連における正当な地位を回復すること。③経済的《けいざいてき》・文化的な交流を推進《すいしん》すること。

内容はすぐさま、中国にも発信され、周恩来総理《しゅうおんらいそうり》の元にもたらされた。

国内では、「百万の味方を得た」（日中友好に尽《つ》くした政治家の松村謙三《まつむらけんぞう》氏）、「光りはあったのだ」（中国文学者の竹内好《よしみ》氏）などの声もあった一方、非難《ひなん》や中傷も相次《あいつ》いだ。

羅湖から中国に向かう池田先生（1974年5月30日）

中国を初訪問《はつほうもん》

今、日中国交の扉《とびら》は開かれた。（中略）民衆《みんしゅう》は海だ。民衆交流の海原《うなばら》が開かれてこそ、あらゆる交流の船が行き交うことができる。次は、文化、教育の交流だ。人間交流だ。そして、永遠に崩《くず》れぬ日中友好の金《きん》の橋を築くのだ！

（「金の橋」の章、97㌻）

年	月	日	日中友好への歩み
1963 年	9 月		日中友好の先達・高碕達之助氏と会談
1966 年	5 月		作家の有吉佐和子氏と対談し、「将来、ぜひ中国においでいただきたい。ご招待申し上げます」との周恩来総理の伝言が伝えられる
1968 年	9 月	8 日	第 11 回学生部総会の席上、「日中国交正常化提言」を発表
1969 年	6 月		小説『人間革命』第 5 巻「戦争と講和」の章で、中国との平和友好条約の早期締結を主張
1971 年	7 月	2 日	公明党第 1 次訪中団が中日友好協会と復交五原則を盛り込んだ共同声明に調印
1972 年	7 月	29 日	周総理が公明党第 3 次訪中団に日中共同声明の中国側草案を提示
	9 月	29 日	北京で日中共同声明の調印式が行われ、日中国交正常化が実現
1974 年	5 月	30 日	中国を初訪問
	12 月	5 日	2 度目の訪中で、周総理と会見

山本伸一の激《げき》励《れい》行《こう》

北海道・奄美《あまみ》大島・沖縄へ

※第13巻に記された行事から

「北海道は日本列島の王冠《おうかん》のような形をしていますが、稚内《わっかない》は、その北海道の王冠です。皆さんこそ、日本全国の広布《こうふ》の突破口《とっぱこう》を開く王者《おうじゃ》です」（「北斗《ほくと》」の章、153㌻）

地元同志との約束を果たし、最北端の街である北海道・稚内へ（1968年9月）

「最後の勝負は二十一世紀です。（中略）激《はげ》しい試練にさらされた奄美《あまみ》こそ、広宣流《こうせんる》布《ふ》の先駆《さきが》けとなって、希望の光城《こうじょう》を築いていってください」（「光城」の章、254㌻）

2度目の鹿児島・奄美大島訪問。三障四魔の嵐に屈せず信心を貫き通した同志を激励した（1968年11月）

「大事なことは、社会を、環境《かんきょう》を変えていくのは、最終的には、そこに住む人の一念《いちねん》であるということです。（中略）皆さんの存在《そんざい》こそが、沖縄の柱《はしら》です」（「楽土《らくど》」の章、340㌻）

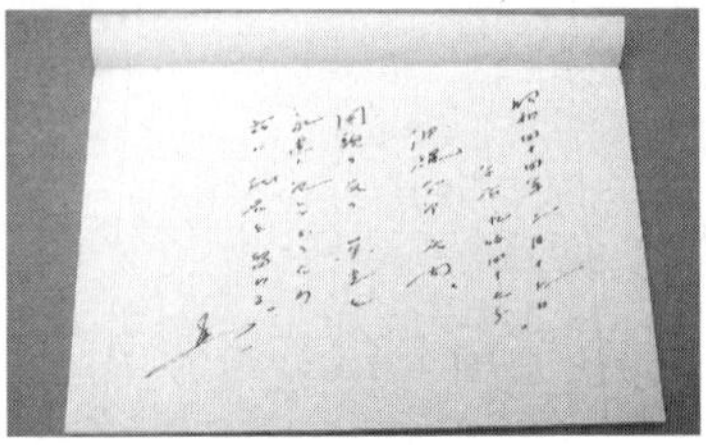

沖縄本部に駆け付けた国頭の友を激励。ノートに「国頭の友の栄光を　永遠に記しておくため　茲（ここ）に氏名を留める」とつづり、皆で署名した（1969年2月）

来訪を祈り待っていた沖縄・名護のメンバーと絆を結ぶ（1969年2月）

第13巻

名場面編

「金《きん》の橋」の章　偉《い》大《だい》な戦友に最《さい》敬《けい》礼《れい》！

〈1968年（昭和43年）9月8日、日大講堂で開催《かいさい》された学生部総会の席上、山本伸一《やまもとしんいち》は、「日中国交正常化提言《にっちゅうこっこうせいじょうかていげん》」を発表。国内外のメディアで取り上げられ、日中友好に取り組んできた人たちは称賛《しょうさん》を惜《お》しまなかった〉

しかし、反響《はんきょう》は、決《けっ》して共感《きょうかん》と賛同《さんどう》だけではなかった。伸一が予測《よそく》していたように、彼《かれ》は、激《はげ》しい非難《ひなん》と中傷《ちゅうしょう》にさらされなければならなかった。

学会本部《がっかいほんぶ》などには、嫌《いや》がらせや脅迫《きょうはく》の電話《でんわ》、手紙《てがみ》が相次《あいつ》いだ。

街宣車《がいせんしゃ》を繰《く》り出《だ》しての、けたたましい〝攻《こう》撃《げき》〟もあった。

宗教者《しゅうきょうしゃ》が、なぜ〝赤《あか》ネクタイ〟をするのかとの批判《ひはん》もあった。

また、学生部総会《がくせいぶそうかい》の三日後の十一日から開かれた日米安全保障協議《にちべいあんぜんほしょうきょうぎ》の席《せき》でも、外務省《がいむしょう》の高官《こうかん》が、伸一の提言《ていげん》を取り上げ、強《つよ》い不満《ふまん》を表明《ひょうめい》した。

（中略）

提言は、伸一が、アジアの平和《へいわ》を願《ねが》う仏法者《ぶっぽうしゃ》としての信念《しんねん》のうえから、命《いのち》を賭《と》しても新《あたら》しい世論《よろん》を形成《けいせい》し、新しい時流《じりゅう》をつくろうとの決意で、発表したものだ。

だから、いかなる中傷も、非難も、迫害《はくがい》も、弾圧《だんあつ》も、すべて覚悟《かくご》のうえであった。伸一に恐《おそ》れなど、全《まった》くなかった。

だが、妻《つま》の峯子《みねこ》や子《こ》どもたちのことが、気にかかった。家族《かぞく》にも、何が起《お》こってもおかしくない状況《じょうきょう》であったからだ。

〝私は死《し》を覚悟《かくご》しての行動《こうどう》である。だから何があってもよい。しかし、妻や子どもたちまで、危険《きけん》にさらされるのは、かわいそうだ。せめて、家族には無事《ぶじ》であってもらいたい〟

伸一は、夜《よる》、帰宅《きたく》し、妻や子どもたちの姿《すがた》を

見ると、今日《きょう》も無事《ぶじ》であったかと、ほっと胸《むね》を撫《な》で下《お》ろす毎日《まいにち》であった。

ある時、家族を案《あん》じる彼《かれ》に、峯子《みねこ》は微笑《ほほえ》みながら言った。

「私たちのことなら、大丈夫《だいじょうぶ》です。あなたは、正《ただ》しいことをされたんですもの、心配《しんぱい》なさらないでください。子どもたちにも、よく言い聞かせてあります。

私たちも十分《じゅうぶん》に注意《ちゅうい》はします。でも、何があっても驚《おどろ》きません。覚悟《かくご》はできていますから」

穏《おだ》やかな口調《くちょう》であったが、その言葉《ことば》には、凛《りん》とした強《つよ》さがあった。

伸一《しんいち》は、嬉《うれ》しかった。勇気《ゆうき》がわいてくるのを覚《おぼ》えた。

それは、彼にとって最大《さいだい》の励《はげ》ましであった。戦友《せんゆう》――そんな言葉が伸一の頭《あたま》をよぎった。

彼も微笑《びしょう》を浮《う》かべ、頷《うなず》きながら言った。

「ありがとう！　偉大《いだい》な戦友に最敬礼《さいけいれい》だ」

（「**金《きん》の橋**」の章、**75～76**ジペー）

「北斗《ほくと》」の章　無名無冠《むめいむかん》の大功労者《だいこうろうしゃ》

〈1968年（昭和43年）9月、山本伸一《やまもとしんいち》は北海道・稚内《わっかない》へ。指導会の会場には、利尻島《りしりとう》の広布《こうふ》を必死に切り開いてきた堀山夫妻《ほりやまふさい》の姿《すがた》があった〉

常《つね》に同志《どうし》の悩《なや》みに耳《みみ》を傾《かたむ》け、素朴《そぼく》だが、誠心《せいしん》誠意《せいい》、激励《げきれい》を続《つづ》ける堀山夫妻は、皆《みな》から、「トッチャ」（父《とう》ちゃん）「カッチャ」（母《かあ》ちゃん）と呼《よ》ばれ、慕《した》われていった。

ある年、利尻島では不漁《ふりょう》が続いた。生活《せいかつ》は逼迫《ひっぱく》していった。一方《いっぽう》、本土《ほんど》では大漁《たいりょう》続きだという。

仕方《しかた》なく出稼《でかせ》ぎに行くことにした。（中略）

気がかりは、同志のことだった。

大漁であった。毎日《まいにち》、無我夢中《むがむちゅう》で働いた。しかし、仕事《しごと》を終《お》え、ホッと一息《ひといき》つくと、二人《ふたり》で交《か》わす言葉《ことば》は、島に残《のこ》っている同志のことばかりであった。

生活苦《せいかつく》にあえぐ人、目の不自由《ふじゆう》な人、足が悪《わる》くて動《うご》けない人……。皆《みな》、入会《にゅうかい》して日も浅《あさ》く、信心《しんじん》への強《つよ》い確信《かくしん》があるとはいえなかった。

（中略）

日ごとに不安《ふあん》が募《つの》り、もはや、居《い》ても立ってもいられなくなった。

「トッチャ、帰《かえ》ろう！　島さ、帰るべ。いくら金《かね》を儲《もう》けてもしぁねぇべさ」

二人は決めた。

〝おらだぢを頼《たよ》りにしている同志がいる。どんなに生活が苦しくってもいい。広宣流布《こうせんるふ》のため、同志のために、利尻で暮《く》らそう。それが、おらだぢ夫婦《ふうふ》の使命だと思う〟

夫妻は島に戻《もど》った。それから、二度と出稼ぎに出ることはなかった。

（中略）

同志のために、島のために――それが、堀山

夫妻《ふさい》の生きがいであり、活動《かつどう》の原動力《げんどうりょく》であった。苦《くる》しみに泣《な》く人がいると聞けば、いつでも、どこへでも飛《と》んでいった。一緒《いっしょ》に涙《なみだ》を流《なが》し、抱《だ》き締《し》めるようにして、励《はげ》ましの言葉《ことば》をかけた。また、悩《なや》みを克服《こくふく》した同志《どうし》がいれば、手を取って喜《よろこ》び合《あ》った。

二人《ふたり》は、貧《まず》しい平凡《へいぼん》な庶民《しょみん》であった。しかし、島の人びとを守《まも》り抜《ぬ》こうとする気概《きがい》と責任《せきにん》感《かん》は、誰《だれ》よりも強かった。

（中略）

堀山《ほりやま》夫妻の入会から十一年、夫妻をはじめ、草創《そうそう》の同志の命《いのち》がけの苦闘《くとう》によって、利尻島《りしりとう》にも、地域広布《ちいきこうふ》の盤石《ばんじゃく》な基盤《きばん》ができ上がったのである。

〝華《はな》やかな表舞台《おもてぶたい》に立つことはなくとも、黙々《もくもく》と献身《けんしん》してくださる無名無冠《むめいむかん》の同志こそが、学会《がっかい》の最大《さいだい》の功労者《こうろうしゃ》なのだ。ゆえに私は、その方々《かたがた》を守《まも》り、讃《たた》え、生涯《しょうがい》を捧《ささ》げよう〟

それこそが、山本伸一《やまもとしんいち》の決意《けつい》であった。

（「**北斗**」の章、143～146㌻）

「光城《こうじょう》」の章　正義と真実を語り抜け

〈鹿児島の奄美大島《あまみおおしま》の、ある村では、学会員に対する迫害《はくがい》が続き、1967年（昭和42年）6月には、村から名瀬市《なぜし》（現・奄美市）まで、「明《あか》るく平和《へいわ》な島《しま》」づくりなどと銘打《めいう》って、学《がっ》会排斥《かいはいせき》を叫《さけ》ぶデモが行われた〉

奄美総支部長《そうしぶちょう》の野川高志《のがわたかし》は、デモの前日《ぜんじつ》、中《ちゅう》学《がく》三年生の娘《むすめ》の輝子《てるこ》を呼《よ》んで言った。

「明日《あした》、名瀬に行く。お前に見せたいものがあるから、一緒《いっしょ》に来《こ》い！」

当日《とうじつ》、輝子は、何を見せてくれるのだろうと思《おも》いながら、父《ちち》と一緒に名瀬に向かった。

街《まち》の大通《おおどお》りに立っていると、長《なが》い車《くるま》の列《れつ》がやって来た。

車からスピーカーで、「平和を乱《みだ》す折伏《しゃくぶく》を許《ゆる》すな！」などと、盛《さか》んに、がなり立てていた。

輝子は、怖《こわ》かった。でも、それ以上《いじょう》に憤《いきどお》りを覚《おぼ》えた。

「お父《とう》さん。どうしてなの！　なぜ、学会がこんな目にあわなければいけないの！」

父の高志は言った。

「ともかく、この光景《こうけい》をよく胸《むね》に焼《や》き付《つ》けておくんだ。父さんも、島の学会員さんも、島の人たちの幸福《こうふく》のために懸命《けんめい》に戦《たたか》ってきた。正《ただ》しいことをしてきた。

でも、だからこそ、こんな仕打《しう》ちを受《う》け、攻《こう》撃《げき》をされるんだ。正しいことだから、みんなが認《みと》めて、讃《たた》えてくれるわけじゃあない。むしろ、大反対《だいはんたい》がある。

お前は、この悔《くや》しさを決《けっ》して忘《わす》れずに、学会の正義《せいぎ》と真実《しんじつ》を語《かた》り抜《ぬ》け！　そして、いつか必《かなら》ず、お前たちの手で、奄美を幸福の楽園《らくえん》にするんだ。広宣流布《こうせんるふ》の理想郷《りそうきょう》にするんだ。それが、学会っ子の使命《しめい》だぞ」

列をなした車のなかから、大きな声《こえ》が響《ひび》

いた。

「村《むら》の平和《へいわ》を乱《みだ》す宗教《しゅうきょう》は出ていけ！」

野川輝子《のがわてるこ》は、ギュッと唇《くちびる》をかみしめ、その車《くるま》

を睨《にら》んだ。

父親《ちちおや》の高志《たかし》が、彼女《かのじょ》の肩《かた》を叩《たた》いてなだめた。

「彼《かれ》らはいつか、今日《きょう》のことを、きっと恥《は》じるようになるさ。また、そうしていかなくてはならない。

そのために、お前たちが学会《がっかい》のすばらしさを証明《しょうめい》し、みんなを最高《さいこう》の理解者《りかいしゃ》、味方《みかた》にしていくんだ。いいな！」

輝子に限《かぎ》らず、多くの中等部員《ちゅうとうぶいん》や高等《こうとう》部員が、このデモを目にした。

その衝撃的《しょうげきてき》な光景《こうけい》は、痛憤《つうふん》の思《おも》い出《で》として、若《わか》い魂《たましい》に焼《や》き付《つ》けられていったのである。

デモは、名瀬市内《なぜしない》を二時間にわたって回《まわ》り、気勢《きせい》をあげた。

（「**光城**」の章、247～248ページ）

「楽土《らくど》」の章　信仰《しんこう》は不屈《ふくつ》の力《ちから》の源泉《げんせん》」

〈1969年（昭和44年）2月、山本伸一《やまもとしんいち》は沖縄指導へ。名護総支部婦人部長《なごそうしぶふじんぶちょう》・岸山富士子《きしやまふじこ》を励《はげ》ました。岸山と夫《おっと》の幸徳《こうとく》はこれまで、打《う》ち続《つづ》く人生《じんせい》の試練《しれん》を乗《の》り越《こ》えてきた〉

夫妻《ふさい》は、来る日も、来る日も弘教《ぐきょう》に歩いた。

しかし、親戚《しんせき》や地域《ちいき》の人たちは、なかなか信《しん》心《じん》の話《はなし》に、耳《みみ》を傾《かたむ》けようとはしなかった。

夫妻は、鼻先《はなさき》でせせら笑《わら》われることも多かった。だが、毅然《きぜん》としていた。富士子は、胸《むね》を張《は》って言った。

「私たちは、長男《ちょうなん》を病気《びょうき》で亡《な》くし、さらに火《か》事《じ》で、娘二人《むすめふたり》を失《うしな》いました。皆《みな》さんにも、ご迷《めい》惑《わく》をおかけしました。

でも、めげずに立ち上がりました。苦《くる》しみをはねのけ、未来《みらい》に希望《きぼう》を見いだし、元気《げんき》に生きています。信心をしても、人生にはさまざまな試練があるものです。考えられないような、大《おお》きな悲《かな》しみに出あうこともあると思います。

それでも、どんなことがあろうが、負《ま》けずに生きていく力《ちから》の源泉《げんせん》が信仰《しんこう》なんです。私たちは、必《かなら》ず幸福《こうふく》になります。見ていてください」

その叫《さけ》びが、次第《しだい》に、人びとの疑念《ぎねん》を晴《は》らしていった。

悲《かな》しみの淵《ふち》から、敢然《かんぜん》と立ち上がった岸山夫妻の姿《すがた》に共感《きょうかん》し、信心する人も出始《ではじ》めた。

沖縄では、あの戦争《せんそう》で何人《なんにん》もの家族《かぞく》を失った家が少なくなかった。

そうした辛酸《しんさん》をなめてきた人たちには、岸山夫妻の〝強《つよ》さ〟が、いかに尊《とうと》いことであるかが、よくわかるのであった。

富士子は思った。

〝人生は苦悩《くのう》の連続《れんぞく》かもしれない。でも、苦悩即不幸《そくふこう》ではない。仏法《ぶっぽう》は「煩悩即菩提《ぼんのうそくぼだい》」「生《しょう》死即涅槃《じそくねはん》」と説《と》くではないか。長男も、二人の娘も、私にそれを証明《しょうめい》させるために、亡くなったにちがいない。いや、その使命《しめい》を、私に与《あた》えるために生まれてきたのだ〟

彼女《かのじょ》は、今は亡《な》きわが子《こ》たちに誓《ちか》った。

〝母《かあ》さんは、自分《じぶん》の生き方を通《とお》して、信心《しんじん》の偉大《いだい》さを証明してみせる。負《ま》けないよ。何があっても負けないからね。お前たちの死を、決《けっ》して無駄《むだ》にはしないから……〟

（中略）

夫妻《ふさい》は、一歩《いっぽ》も引かずに頑張《がんば》り通《とお》した。やがて、名護《なご》は総支部《そうしぶ》へと発展《はってん》したのである。

また、夫妻は、社会《しゃかい》に迷惑《めいわく》をかけたのだから、その分《ぶん》、社会に尽《つ》くそうと、地域《ちいき》への貢献《こうけん》に力《ちから》を注《そそ》いだ。

そして、後年《こうねん》、幸徳《こうとく》は地域の老人《ろうじん》クラブの会長として、富士子《ふじこ》は市の婦人会の会長や民生委《みんせいい》員《いん》・児童《じどう》委員などとして活躍《かつやく》し、信頼《しんらい》の輪《わ》を広げていくことになるのである。

（「楽土」の章、369～371ページ）

第13巻

御書編

師弟を結《むす》ぶのは〝戦う心〟

御文

千日尼御前御返事《せんにちあまごぜんごへんじ》　御書1316ジペー

御身《おんみ》は佐渡《さど》の国にをはせども心は此《こ》の国に来《きた》れり

通解

あなたの身は佐渡《さど》の国にいらっしゃっても、心はこの国（身延《みのぶ》）に来ているのです。

小説の場面から

〈1968年（昭和43年）9月、山本伸一《やまもとしんいち》は北海道の稚内《わっかない》へ。最北端《さいほくたん》の地で奮闘《ふんとう》する同志に励ましを送る〉

稚内地域は、日本の最北端《さいほくたん》にあり、幹部《かんぶ》の指導の手も、あまり入らぬところから、普段は、取り残されたような寂《さび》しさを感じながら、活動しているメンバーも少なくなかった。

実は、伸一の指導の眼目《がんもく》は、その心の雲を破《やぶ》ることにあったといってよい。

（中略）

伸一は、「御身《おんみ》は佐渡《さど》の国にをはせども心は此《こ》の国に来《きた》れり」の御文から、こう訴えた。

「佐渡という山海を遠く隔《へだ》てた地にあっても、強い求道心《きゅうどうしん》の千日尼《せんにちあま》の一念は、大聖人《だいしょうにん》と共にあった。地理的な距離《きょり》と、精神の距離とは、全く別です。

どんなに遠く離《はな》れた地にあっても、自分がいる限り、ここを絶対に広宣流布《こうせんるふ》してみせる、人びとを幸福にしてみせると決意し、堂々と戦いゆく人は、心は大聖人と共にあります。

また、それが、学会精神であり、本部に直結した信心といえます。

反対に、東京に住んでいようが、あるいは、学会本部にいようが、革命《かくめい》精神を失い、戦いを忘《わす》れるならば、精神は最も遠く離れています。

私も真剣です。

広布《こうふ》に燃える稚内の皆さんとは、同じ心で、最も強く結ばれています」

（「**北斗**」の章、149～150ページ）

魔《ま》を人間革命への飛《ひ》躍《やく》台《だい》に

御文

我《われ》を損《そん》ずる国《こく》主《しゅ》等《ら》をば最《さい》初《しょ》に之《これ》を導《みちび》かん

顕《けん》仏《ぶつ》未《み》来《らい》記《き》　御書509ジペー

通解

自分を迫害《はくがい》する国主等を最初に化導《けどう》してあげよう。

小説の場面から

〈山本伸一《やまもとしんいち》は、学会に対する迫害《はくがい》が続く奄美大島《あまみおおしま》へ向かう派遣幹部《はけんかんぶ》に、〝魔《ま》〟の本質について語る〉

「人間は、魔の働きをすることもあれば、諸天善神《しょてんぜんじん》の働きをすることもあります。

　また、一つの現象が魔となるのか、人間革命への飛躍台《ひやくだい》になるのかは、自分の一念《いちねん》の問題です。

　大弾圧《だいだんあつ》が起こっても、御書《ごしょ》の仰《おお》せ通りであると確信を深め、歓喜《かんき》する人もいる。逆に、功徳《くどく》を受け、生活が豊かになったことで、真剣《しんけん》に信心に励まなくなる人もいる。

　さらに、戸田先生《とだせんせい》の時代から、師匠《ししょう》の厳愛《げんあい》の指導に怨嫉《おんしつ》し、反逆していく者もいました。結局、外の世界のすべての現象は、魔が生《しょう》ずる契機《けいき》にすぎず、魔は己心《こしん》に宿《やど》っているんです」

（中略）

伸一は、彼方《かなた》を仰《あお》ぐように、目を細《ほそ》めて言った。

（中略）

「大聖人は『我《われ》を損《そん》ずる国主等《こくしゅら》をば最初《さいしょ》に之《これ》を導《みちび》かん』と仰《おお》せです。自分を迫害《はくがい》した権力者《けんりょくしゃ》たちを、最初に救《すく》おうという、この御境涯《ごきょうがい》に連《つら》なれるかどうかです。

（中略）

奄美の同志も、その考えに立って、人びとを大きく包容《ほうよう》し、皆の幸福を願いながら、仲良く進んでいってほしいんです。

　奄美のこれからの戦いとは、信頼《しんらい》を勝ち取ることです。そのための武器は誠実な対話です。さらに、社会にあって一人ひとりが、粘《ねば》り強《づよ》く社会貢献《こうけん》の実証を示していくことです」

（「**光城**」の章、242〜243ジペ）

半世紀超《こ》す執筆に思う
識者が語る

香港《ホンコン》・天地《てんち》図書 名誉顧問《こもん》
孫立川《そんりっせん》氏

中国語翻訳《ほんやく》は無上《むじょう》の喜び

私は1990年代から、小説『新・人間革命』各巻の中国語（繁体字《はんたいじ》）版の編集・出版を行《おこな》っています。

本年（＝2019年）5月に第30巻〈上〉を発刊し、現在、下巻を編集しています。各巻の紹介文も、全て私の手で執筆《しっぴつ》してきました。

池田先生のことを初めて知ったのは70年代です。当時は文化大革命の渦中《かちゅう》で、新華社《しんかしゃ》発行の「参考消息」という新聞が、海外情勢を知る唯一《ゆいいつ》の手がかりでした。この新聞によって、中日の国交正常化提言（68年）をはじめとする先生の中日友好への功績《こうせき》を知ることができたのです。

この歴史的な提言が描《えが》かれた第13巻「金《きん》の橋」の章を編集した時は、深い感慨《かんがい》が胸に込《こ》み上《あ》げてきました。60年代の中日関係は最悪の状況にあり、〝友好〟を口《くち》にすれば命に危険が及《およ》びかねない時勢《じせい》でした。その中で、先生は1万数千人の学生を前に提言を発表し、その後も、一貫《いっかん》して両国友好のために人生をささげてこられた。私は最大の敬意《けいい》を表《ひょう》すると同時に、この史実《しじつ》を、中国社会に広く伝えようと決意を新たにしました。

小説の編集に当たり、北京《ペキン》、桂《けい》林《りん》、深圳《しんせん》など、先生が訪れた中国の各地へも足を運びました。当時の先生のお心に思いを巡《めぐ》らせつつ、編集作業に力《ちから》を注《そそ》いできました。

中国語を話す華僑《かきょう》の人々は、世

界中にコミュニティーを形成《けいせい》しています。シンガポール、マレーシア、フィリピン、台湾、マカオなどで小説が発売されるたび、大きな反響がありました。これまで数々の大学に小説を贈呈《ぞうてい》してきました。

孟子《もうし》の言葉に、「窮則獨善其身、達則兼善天下」とあります。困窮《こんきゅう》した時は自己の修養《しゅうよう》に努《つと》め、成功した時は社会のために尽《つ》くす、という意味です。

「人間革命」の哲学は、この両者を結び、どのような立場や状況にあろうと、自身の変革をもって社会の発展に貢献《こうけん》できることを示しています。

小説『新・人間革命』は、単《たん》なる「自叙伝《じじょでん》」ではありません。一人の人間が困難《こんなん》を勝ち越え、世界平和の潮流《ちょうりゅう》を起こしていくという、希望の民衆史《みんしゅうし》です。小説の翻訳《ほんやく》に携《たずさ》わることは、私の無上《むじょう》の喜びなのです。

先生とは10度以上にわたり出会いを結んでおり、〝私の家族です〟とまで信頼を寄《よ》せてくださっています。そのご厚情《こうじょう》に応《こた》えるためにも、先生の思想・哲学を宣揚《せんよう》していくという光栄な使命を貫徹《かんてつ》してまいります。

再会を喜び合う孫氏と池田先生（2002年4月、東京・小平市の創価学園で）。後に氏は述べている。「『良き師・良き友』との出会いは、最も忘れがたい」と

そん・りっせん

1950年、中国・福建省生まれ。中国作家協会会員。作家、翻訳家としても活躍。京都大学で博士号（文学）を取得。専攻は中国現代文学。

ここにフォーカス

五《だん》つの段階《かい》

「光城《こうじょう》」の章で、インドの独立運動の指導者マハトマ・ガンジーが語った、立派《りっぱ》な運動が経《へ》る五つの段階《だんかい》が示されています。①無関心②嘲笑《ちょうしょう》③非《ひ》難《なん》④抑圧《よくあつ》⑤尊敬《そんけい》です。ガンジーはさらに、抑圧から尊敬へと至《いた》る秘訣《ひけつ》を、「誠実」と述べています。

同章では、1967 年（昭和 42 年）に奄美大島《あまみおおしま》の村で起こった、学会への迫害《はくがい》の歴史が記されています。村の有力者らによって、学会員は村八分《むらはちぶ》にされ、学会撲滅《ぼくめつ》を叫《さけ》ぶデモまで行われます。公明党が躍進《やくしん》したことで、支援団体である学会を敵視《てきし》したのです。

山本伸一《やまもとしんいち》は、弾圧《だんあつ》の要因について、〝学会の真実を知らないがゆえの誤《ご》解《かい》〟と結論し、「憎《にく》み合うことは、決して信仰者の本義《ほんぎ》ではありません。皆《みな》と仲良くすることが大切です」と伝言を託《たく》します。68 年 11 月の奄美訪問では、「奄美を日本の広宣流布《こうせんるふ》の理想郷《りそうきょう》に」と呼び掛けました。

伸一の励ましを胸に、奄美の同志は、対話を重ね、地域貢献《ちいきこうけん》に取り組んでいきました。21 世紀の今、奄美では信頼《しんらい》の輪《わ》が大きく広がっています。すべての居住世帯《きょじゅうせたい》が、聖教新聞を購読《こうどく》した集落《しゅうらく》も誕生《たんじょう》しました。

いかなる抑圧があろうと、誠実を貫《つらぬ》いていくならば、必ず勝利の道は開かれる――奄美の同志の足跡《そくせき》は、広布史《こうふし》に不滅《ふめつ》の光彩《こうさい》を放《はな》っています。

第13巻

解説編

紙上講座

池田博正 主任副会長

動画で見る
セイキョウオンラインのトップページからも視聴できます

ポイント

①日中友好を万代《ばんだい》へ
②楽土《らくど》は人間の建設に
③座談会充実《ざだんかいじゅうじつ》の要諦《ようてい》

12月5日は、池田先生が第2次訪中《ほうちゅう》（1974年）の折、周恩来総理《しゅうおんらいそうり》と会見した日です。今年（＝2019年）は45周年の佳節《かせつ》です。

第13巻「金《きん》の橋」の章では、1968年（昭和43年）9月8日、山本伸一《やまもとしんいち》が学生部総会の席上、「日中《にっちゅう》国交正常化提言《こっこうせいじょうかていげん》」を発表した経緯《けいい》が詳細《しょうさい》に記されています。

伸一の日中友好に懸《か》ける思いは、恩師・戸田《とだ》先生の誓いでもありました。「雲《くも》の井《い》に　月《つき》こそ見んと　願《ねが》いてし　アジアの民《たみ》に　日《ひかり》をぞ送らん」（11㌻）との和歌に象徴《しょうちょう》されるように、戸田先生はアジア、中でも中国に対する「ことのほか深い」（同㌻）思いがあったのです。

また、提言発表には、日中の関係改善《かいぜん》に心血《しんけつ》を注《そそ》いできた人たちとの出会いがありました。その一人が、実業家の高碕達之助《たかさきたつのすけ》です。

伸一と高碕が語り合ったのは、63年（同38年）9月。高碕は中国の様子などを伝えると、伸一に「あなたには、その日中友好の力《ちから》になってもらいたい」（26㌻）と率直《そっちょく》に訴えます。

それに対して、伸一《しんいち》は「必ず、やらせていただきます」（26ページ）と応《こた》え、日中友好の「金《きん》の橋」を架《か》けることを決意します。

当時の日本は、中国敵視政策《てきしせいさく》をとっており、日中友好を口《くち》にすれば、激しい非難《ひなん》と中傷《ちゅうしょう》が起こることは容易《ようい》に想像できました。

それでも、伸一は恩師や日中友好に尽《つ》くす方々の思いを胸に、「私が、発言するしかない！」（43ページ）と提言の発表を行いました。

伸一の提言に、代議士の松村謙三《まつむらけんぞう》は、「百万の味方を得た思い」（81ページ）と述べ、「ぜひとも、あなたを周《しゅう》恩来総理《おんらいそうり》に紹介したい」（82ページ）とまで語ります。

高碕《たかさき》も松村も、伸一と40歳以上の年の差がありました。二人は、伸一に日中の将来を託《たく》そうとしたのです。

同章には、「日中友好の永遠なる『金の橋』を築《きず》き上げるという大業《たいぎょう》は、決して、一代限りではできない」（44ページ）とあります。伸一が提言発表の場を、学生部総会としたのも、「学生部員のなかから、自分の提言の実現のために、生涯《しょうがい》、走り抜いてくれる同志が必ず出るにちがいない」（同ページ）との確信があったからです。

池田先生はこれまで、10度訪中し、青年交流、文化・教育交流を幅広《はばひろ》く推進《すいしん》してこられました。両国間に築かれた平和と友誼《ゆうぎ》の「金の橋」は揺《ゆ》るがぬものとなっています。

池田先生には、中国の大学・学術機関から数多くの名誉学術称号《しょうごう》が贈られています。また、これまで約40の大学などに、池田思想の研究機関が設置《せっち》されてきました。さらに、創価大学は現在、60を超える中国の大学・学術機関と学術交流協定を締結《ていけつ》しています。

また、1985年から中華全国青年連合会（全青連）と学会青年部は交流を重ねており、中華全国女連合会（婦女連）と創価学会の女性交流は今年（＝2019年）で40周年となりました。

池田先生が架《か》けた日中の「金《きん》の橋」を万代《ばんだい》へ――後継《こうけい》の青年部・未来部の皆さんは、その大きな使命と責任を担《にな》っているのです。

首里城《しゅりじょう》に思い馳《は》せて

「楽土《らくど》」の章では、山本伸一《やまもとしんいち》が1969年（昭和44年）2月に沖縄を訪問した場面が描《えが》かれています。

この時、沖縄は本土復帰《ほんどふっき》問題などで揺《ゆ》れていました。同章に「真の繁栄《はんえい》と平和を勝ち取ることができるかどうかは、最終的には、そこに住む人びとの、一念《いちねん》にこそかかっている」「楽土の建設《けんせつ》は、主体《しゅたい》である人間自身の建設にこそかかっている」（302㌻）とつづられています。

伸一は、「会員一人ひとりの胸中深《きょうちゅうふか》く、確固不動《かっこふどう》なる信心の杭《くい》を打ち込《こ》もう」（303㌻）と誓《ちか》い、沖縄を訪《おとず》れました。

この訪問の折、芸術祭が行われ、演劇《えんげき》「青年尚巴志《しょうはし》」が演じられました。総勢100人の出演者による1時間半にわたる舞台《ぶたい》でした。

尚巴志は15世紀に琉球《りゅうきゅう》を統一し、首里城《しゅりじょう》を拡充《かくじゅう》した名将《めいしょう》です。沖縄の同志は、「戦時中から今まで、沖縄の民衆《みんしゅう》がなめてきた辛酸《しんさん》は、尚巴志が生きた戦乱の時代と酷似《こくじ》している」（342㌻）と思い、この劇で沖縄の平和建設への決意を表現しました。

あの悲惨《ひさん》な沖縄戦で焼失《しょうしつ》した首里城は、89年（平成元年）に復元《ふくげん》工事が始まり、3年後の92年（同4年）、正殿《せいでん》などが再建《さいけん》されました。

94年（同6年）2月の沖縄訪問の折、池田先生は首里城を視察《しさつ》しています。「楽土」の章の連載《れんさい》は、2002年（同14年）10月からです。先生は首里城の姿《すがた》を思い浮《う》かべながら、執筆《しっぴつ》されたのではないでしょうか。

首里城《しゅりじょう》は、沖縄の歴史と文化、そして平和のシンボルです。その首里城の正殿《せいでん》などが先日（＝2019年10月31日）、焼失しました。沖縄の皆さまの心中《しんちゅう》は、察《さっ》するに余《あま》りあります。首里城の雄姿《ゆうし》が再《ふた》び見られることを願《ねが》ってやみません。

事前の準備で決まる

「北斗《ほくと》」の章に、「牧口初代会長以来《まきぐちしょだいかいちょういらい》、学会は座談《ざだん》会《かい》とともにあった」（162ページ）とある通り、座談会は学会の伝統です。同章には、「座談会革命」について記されています。

　座談会を充実させる秘訣《ひけつ》を尋《たず》ねられた伸一《しんいち》は、座談会は、弘教《ぐきょう》のための仏法対話の場であり、集《つど》ってきた同志に、勇気と確信を与《あた》える真剣《しんけん》勝負の指導の場であることを述べた上で、「中心者の気迫《きはく》と力量《りきりょう》が勝負になる」（164ページ）と強調します。

　そのほかにも、①新来者《しんらいしゃ》を連れてきた人に、心からの尊敬《そんけい》の念をもって激励すること②座談会は当日だけでなく、結集も含《ふく》め、事前の準備によって決まること③担当《たんとう》する幹部は、成功を真剣に御本尊に祈り、決意と確信をもって臨《のぞ》むこと④リーダーの社会性ある、常識豊《じょうしきゆた》かな振《ふ》る舞《ま》いが大事であること⑤会《かい》場提供者《じょうていきょうしゃ》に礼《れい》を尽《つ》くすことなどが、座談会を成功させるための要諦《ようてい》であると語ります。

　聖教新聞では、「世界のザダンカイ」などで、各国の座談会の模様《もよう》を紹介しています。「ザダンカイ」は今、世界の共通語です。

「創価学会といっても、それは、どこか遠くにあるのではない。わが地区の座談会のなかにこそ、学会の実像《じつぞう》がある」（168ページ）とあるように、私たちは座談会の充実《じゅうじつ》を図《はか》りながら、世界宗教としての誇《ほこ》りも高く、前進していこうではありませんか。

名言集

国交《こっこう》の本義《ほんぎ》

国交《こっこう》も、その本義《ほんぎ》は人間の交流にあり、民衆《みんしゅう》の交流にある。友情と信頼《しんらい》の絆《きずな》で、人間同士《どうし》が結《むす》ばれることだ。国家といっても、それを動かすのは人間であるからだ。

（「金の橋」の章、63㌻）

広布貢献《こうふこうけん》の功徳《くどく》

わが家を活動の拠点《きょてん》に提供《ていきょう》し、広宣流布《こうせんるふ》に貢献《こうけん》してきた功徳《くどく》は、無量《むりょう》であり、無辺《むへん》である。それは、大福運《だいふくうん》、大福徳《だいふくとく》となって、子々孫々《ししそんそん》までも照《て》らしゆくにちがいない。

（「北斗」の章、119㌻）

女性の世紀

女性の幸福なくして、人類の平和はない。女性が輝《かがや》けば、家庭も、地域《ちいき》も、社会も輝く。ゆえに二十一世紀は、女性が主役《しゅやく》となる「女性の世紀」に、しなくてはならない。

（「北斗」の章、160㌻）

境涯革命《きょうがいかくめい》の証《あかし》

皆が仲よく団結しているということは、それ自体が、各人の境涯革命《きょうがいかくめい》、人間革命の証《あかし》なんです。

（「光城」の章、273㌻）

誰《だれ》にも負けない力《ちから》

人材《じんざい》には、力《ちから》がなくてはならない。心根《こころね》は、清く、美しくとも、力《ちから》がないというのでは、民衆の幸福、平和を築《きず》くことはできない。だから、何か一つでよい。これだけは誰《だれ》にも負けないというものをもつことが必要です。

（「**楽土**」の章、349ページ）

北京の釣魚台国賓館の一角。池田先生はここで、中日友好協会会長を務めた孫平化氏など、多くの要人と友誼の語らいを重ねた（1992年10月、先生撮影）

池田先生が沖縄の首里城を視察（1994年2月）。首里城跡は、日本で11番目の世界遺産に登録されている

『新・人間革命』

第14巻

「聖教新聞」連載
（2003年1月1日付〜9月11日付）

第14巻

基礎資料編

各章のあらすじ

物語の時期

1969年（昭和44年）5月3日～1970年11月8日

「智勇《ちゆう》」の章

1969年（昭和44年）5月3日の本部総会の席上、山本伸一《やまもとしんいち》は翌年の5月3日までの目標として、750万世帯の達成を発表する。

また、71年（同46年）の開学をめざす創価大学に、「人間教育の最高《さいこう》学府《がくふ》たれ」など、三つのモットーを示《しめ》す。

さらに、過激化《かげきか》し、混迷《こんめい》する学生運動に言及《げんきゅう》。自由主義、共産主義を止揚《しよう》する人間主義に立脚《りっきゃく》した、「第三の道」を開くように提案《ていあん》する。

彼は、学生運動の行方《ゆくえ》に、常に心を砕《くだ》き続けてきた。月刊誌《げっかんし》に次々と学生運動についての原稿《げんこう》を寄せ、大学紛争《ふんそう》の根本原因は、教授らに学生への愛情と信頼《しんらい》がなかったところにあると述べ、学生には、暴力では真の社会改革《かいかく》はできないと強調。また、三権分立《さんけんぶんりつ》に教育権を加《くわ》えた「四権分立」構想を提唱《ていしょう》する。

夏季講習会の折、男子学生部は、大学の自治を奪《うば》う「大学立法」に反対する全国野外統一集会を行う。伸一も参加し、自《みずか》らデモの先頭にも立つ。

学生運動の「第三の道」を開くために、智勇兼備《ちゆうけんび》の学生部員が立ち上がり、10月19日、新学生同盟《どうめい》の結成大会が開かれる。これは後の学会の平和運動の先《せん》駆《く》的《てき》試《こころ》みとなっていく。

1969年（昭和44年）、広布《こうふ》の緑野《りょくや》に、多彩《たさい》な「使命」の花が、新たに咲《さ》き始める。

当時、看護師《かんごし》の過重労働《かじゅうろうどう》から病院でのストライキが起こるなか、6月6日、女子部の看護師メンバーによる白樺《しらかば》グループが結成される。それは、メンバーに新たな使命の自覚《じかく》を促《うなが》し、限《かぎ》りない勇気と誇《ほこ》りを与《あた》えた。彼女たちは、「生命の世紀」のパイオニアとして、人間主義の看護をめざし、奮闘《ふんとう》していく。

7月、第6回全米総会を記念するパレードに、日本から富士鼓笛《ふじこてき》隊《たい》が出場。そこには、体の不調を克服《こくふく》して臨《のぞ》んだメンバーなど、乙《おと》女《め》らの青春勝利のドラマがあった。また、56年（同31年）7月の鼓笛隊結成《けっせい》以来の歴史がつづられていく。

「使命」の章

アメリカでの公演の大成功を聞いた伸一《しんいち》は、心で「世界一の鼓笛隊万歳《ばんざい》！」と叫《さけ》び、「平和の天使」たちを称賛《しょうさん》する。

8月17日、夏季講習会の折、文《ぶん》芸部《げいぶ》が結成される。

伸一は、〝「文は生命」であり、「文は魂《たましい》」であり、また「文は境《きょう》涯《がい》」である〟と指導。新しきルネサンス（文芸復興《ふっこう》）の担《にな》い手《て》が、陸《りく》続《ぞく》と育つことを願い、全精魂《ぜんせいこん》を込《こ》めて激励《げきれい》する。

1969年（昭和44年）12月下《げ》旬《じゅん》、伸一《しんいち》は、関西指導へ。だが、急性気管支肺炎《きゅうせいきかんしはいえん》による高熱と咳《せき》が彼をさいなむ。

医師も危《あや》ぶむ容体のなか、21日、和歌山での幹部会に出席。

死力を振《ふ》り絞《しぼ》ってメンバーを励《はげ》まし、気迫《きはく》あふれる学会歌の指揮《しき》を執《と》る。

伸一の生命を賭《と》しての激闘《げきとう》は、同志の闘魂《とうこん》を燃え上がらせ、民衆《みんしゅう》勝利《しょうり》の歴史を開く。

この頃《ころ》、学会が、学会批判書《ひはんしょ》の出版を妨害《ぼうがい》したとして、非難《ひなん》の集《しゅう》中砲火《ちゅうほうか》を浴《あ》びていた。

学会の幹部《かんぶ》が著者《ちょしゃ》を訪《たず》ね、臆測《おくそく》ではなく、事実に基《もと》づいた執筆《しっぴつ》を丁重《ていちょう》に要望したことなどが、言論《げんろん》弾圧《だんあつ》とされたのである。

「烈風《れっぷう》」の章

やがて、国会を舞台《ぶたい》にしての、学会と公明党、さらには伸一への攻撃《こうげき》となっていく。

その背景《はいけい》には、学会の大発展、そして公明党の大躍進《だいやくしん》に危機感《ききかん》を抱《いだ》いた、既成《きせい》の宗教勢力《しゅうきょうせいりょく》、政治勢力の動きもあった。

その中で学会は、1970年（昭和45年）1月、当初の目標より早く、会員750万世帯を突破《とっぱ》する。

伸一は、打ち続く試練の「烈風《れっぷう》」に向かい、社会の模範《もはん》となる理想的な学会をつくろうと心に期《き》す。

1970年（昭和45年）5月3日、伸一《しんいち》の会長就任《しゅうにん》10周年となる本部総会が開かれる。

席上、彼は、広宣流布《こうせんるふ》とは〝流れそれ自体〟であり、〝妙法の大地に展開《てんかい》する大文化運動〟であると訴《うった》える。

また、言論《げんろん》・出版問題に触《ふ》れ、学会を正しく理解してほしいとの個人の熱情が、出版を妨害《ぼうがい》されたとの誤解《ごかい》を招《まね》いてしまったことに謝意《しゃい》を表した。

さらに、学会の組織形態《けいたい》について、紹介者《しょうかいしゃ》と新入会者のつながりで構成された「タテ線」から、地域を基盤《きばん》としたブロック組織の「ヨコ線」へと移行することを発表する。

「大河《たいが》」の章

この総会をもって学会は、「大河《たいが》」の時代へと入り、新しき前進を開始した。

伸一は21世紀を見据《みす》え、若《わか》い世代の中核《ちゅうかく》となる人材の育成に全力を傾《かたむ》ける。6月、高等部、中等部、少年・少女部の代表の研修会を開き、人材グループ「未来会」を結成する。

9月、聖教新聞社の社屋《しゃおく》が落成。11月8日には、第2回全国通信員大会が行われる。伸一は、聖教の幹部《かんぶ》に〝通信員と配達員こそ新聞の生命線〟と訴《うった》え、自身も皆《みな》の先頭に立って、言論戦《げんろんせん》を展開《てんかい》しようと決意する。

聖教新聞　創刊からの歩み

「大河《たいが》」の章では、1970 年（昭和 45 年）9月に行われた聖教新聞本社《ほんしゃ》屋《おく》の落成式《らくせいしき》の模様《もよう》がつづられている。聖教新聞は、読者、配達員、通信員、新聞長をはじめ、多くの方々の真心に支《ささ》えられ、歴史を刻《きざ》んできた。

年	月	日	創刊からの歩み
1951 年	4 月	20 日	「聖教新聞」第 1 号を発刊（発行所 創価学会内）。 旬刊 2 ページ建て、発行部数は 5000 部
1951 年	5 月		戸田先生の会社の事務所（新宿区百人町）にあった 聖教新聞の編集作業室が、市ケ谷のビルに移る
1953 年	9 月	6 日	週刊 2 ページ建てに発展
1953 年	11 月		学会本部が西神田から信濃町に移転。聖教新聞社も学会本部内へ…別掲①
1954 年	1 月	27 日	通信員制度を設ける
1954 年	4 月	4 日	週刊 4 ページ建てに発展
1955 年	6 月	1 日	販売店（取次店）・配達員制度開始
1956 年	1 月	15 日	週刊 6 ページ建てに（地方版を新設）
1957 年	8 月	2 日	週刊 8 ページ建てに。この月、聖教新聞社の社屋が完成…別掲②
1960 年	9 月	3 日	週 2 回刊に
1961 年	5 月		新社屋（地上 3 階、地下 1 階）が完成…別掲③
1962 年	1 月	1 日	週 3 回刊に
1965 年	1 月	1 日	池田先生の小説『人間革命』の連載が開始
1965 年	7 月	15 日	日刊 8 ページ建てに
1970 年	9 月	28 日	本社屋（地上 7 階、地下 3 階）が完成…別掲④
1971 年	1 月	4 日	日刊 12 ページ建てに
1988 年	1 月	18 日	コンピューターによる紙面制作（CTS）がスタート
1993 年	2 月	11 日	小説『人間革命』が完結（全 12 巻、連載 1509 回）
1993 年	11 月	18 日	小説『新・人間革命』の連載が開始
2006 年	11 月	18 日	公式ウェブサイトを開設
2007 年	8 月	24 日	8.24「聖教新聞 創刊原点の日」制定
2011 年	11 月	3 日	小説『新・人間革命』の新聞連載回数が日本一に
2016 年	2 月	1 日	公式ウェブサイト「SEIKYO online」をリニューアル
2018 年	9 月	8 日	小説『新・人間革命』が完結（全 30 巻、連載 6469 回）
2019 年	11 月	12 日	聖教電子版がスタート
2019 年	11 月	18 日	「創価学会 世界聖教会館」が開館…別掲⑤

聖教新聞社　発展の軌《き》跡《せき》

①

1953年11月、学会本部が西神田から信濃町へ。聖教新聞社も市ケ谷のビルから学会本部内に移った

②

学会本部の隣接地にあった2階建ての建物。これが改装され、聖教新聞社屋となった（1957年8月）

③

創刊10周年に当たる1961年の5月、新社屋が完成。日刊化への移行など、聖教は大きな飛躍を遂げていく

④

コンピューター室や電送写真室など、近代設備が備わった聖教新聞本社屋が完成（1970年9月）

⑤

2019年11月18日にオープンした「創価学会　世界聖教会館」。機関紙・誌の編集室のほか、礼拝室となる「言論会館」、展示室などが設置されている

第14巻

名場面編

「智勇《ちゆう》」の章　広布に生きる革命児《かくめいじ》たれ

〈1969年（昭和44年）、学生運動《がくせいうんどう》が過激化《かげきか》する中で、学生部員の多くは、社会改革《しゃかいかいかく》とはどうあるべきか、悩《なや》んでいた。そんな折《おり》、山本伸一《やまもとしんいち》は、学生部の会合で質問《しつもん》を受ける〉

学生の一人《ひとり》が尋《たず》ねた。

「革命児《かくめいじ》として生《い》き抜《ぬ》くとは、どういう生き方でしょうか」

質問したメンバーだけでなく、参加者《さんかしゃ》は皆《みな》、国家権力《こっかけんりょく》による人間《にんげん》の抑圧《よくあつ》を粉砕《ふんさい》するために、社会の改革が必要《ひつよう》であると感《かん》じていた。

（中略）

伸一は、メンバーの質問に答《こた》えて、語《かた》り始《はじ》めた。

（中略）

「帝政《ていせい》ロシアの時代《じだい》や、フランスのアンシャンレジーム（旧制度《きゅうせいど》）の時代は、一握《ひとにぎ》りの支配者《しはいしゃ》が栄華《えいが》を貪《むさぼ》っている、単純《たんじゅん》な社会だった。

しかし、今は、社会は高度《こうど》に発達《はったつ》し、多元化《たげんか》しています。利害《りがい》も複雑《ふくざつ》に絡《から》み合っている。矛盾《むじゅん》と不合理《ふごうり》を感じながらも、既存《きそん》の秩序《ちつじょ》の安定《あんてい》のうえに、繁栄《はんえい》を楽《たの》しむ人びとが圧倒的多数《あっとうてきたすう》を占《し》めています。

そうした現代《げんだい》社会に、単純な暴力《ぼうりょく》革命の図式《ずしき》はあてはまりません。

全共闘《ぜんきょうとう》が提示《ていじ》した最大《さいだい》のテーマは、権力《けんりょく》をもつ者《もの》のエゴを、さらに、自己《じこ》の内なるエゴを、どう乗《の》り越《こ》えるかということではないかと思《おも》う。つまり、求《もと》められているのは、権力の魔性《ましょう》、人間の魔性に打《う》ち勝《か》つ、確《たし》かなる道《みち》です」

伸一は断言《だんげん》するように語った。

「人間のエゴイズム、魔性を打ち破り、人間性が勝利《しょうり》していく時代をつくるには、仏法《ぶっぽう》による以外《いがい》にない。それは、生命《せいめい》の根本的《こんぽんてき》な迷《まよ》いである『元品《がんぽん》の無明《むみょう》』を断《た》ち切《き》る戦《たたか》いだから

です。
　大聖人《だいしょうにん》は『元品《がんぼん》の無明《むみょう》を切《き》る利剣《りけん》は此《こ》の法門《ほうもん》に過《す》ぎざるか』（御書九九一ページ）と仰《おお》せです。仏《ぶっ》法《ぽう》によって、内《うち》なる『仏《ほとけ》』の大生命《だいせいめい》を開《ひら》き、人間自身《じしん》を変革《へんかく》する広宣流布《こうせんるふ》なくして、解決《かいけつ》はありません」

（中略）

　伸一《しんいち》は話を続けた。
「結論《けつろん》を言えば、一人の人間の生命を変革する折伏《しゃくぶく》に励《はげ》むことこそが、漸進的《ぜんしんてき》で、最《もっと》も確実《かくじつ》な無血《むけつ》革命になるんです。さらに、生涯《しょうがい》を広宣流布のために生《い》き抜《ぬ》くことこそが、真《しん》の革命児《かくめいじ》の生き方です。また、君自身が社会《しゃかい》のなかで力《ちから》をつけ、信頼《しんらい》を勝《か》ち得《え》ていくことが、折伏になります。
　私たちが、行おうとしていることは、未《いま》だ、誰人《たれびと》も成《な》しえない、新しい革命なんです。それを成し遂《と》げ、新しい時代を築《きず》くのが君たちなんだ」

（「**智勇**」の章、**27～30**ページ）

「使命」の章　自身を鍛《きた》える〝青春学校〟

〈1969年（昭和44年）7月、富士《ふじ》鼓笛隊《こてきたい》は、第6回全米総会《ぜんべいそうかい》を記念《きねん》するアメリカでの〝日米鼓笛隊パレード〟に参加《さんか》。〝平和《へいわ》の天使《てんし》〟たちは、互《たが》いに励《はげ》まし合いながら大《おお》きな成長《せいちょう》を遂《と》げてきた〉

鼓笛隊は、音楽《おんがく》の技術《ぎじゅつ》を磨《みが》くだけではなく、友情《ゆうじょう》と団結《だんけつ》の心《こころ》を培《つちか》い、自身《じしん》を鍛《きた》え輝《かがや》かせる〝青春学校《せいしゅんがっこう》〟ともいうべき役割《やくわり》を担《にな》ってきた。

アメリカ公演《こうえん》に参加し、やがて第三代の鼓笛部長になる小田野翔子《おだのしょうこ》も、鼓笛隊で学会《がっかい》の精神《せいしん》や人間の在《あ》り方《かた》を学んだ一人《ひとり》であった。彼女《かのじょ》は、高校《こうこう》一年の時に、姉《あね》に勧《すす》められて鼓笛隊に入った。入隊後《にゅうたいご》、しばらくすると、数人《すうにん》の部員《ぶいん》に、練習《れんしゅう》の日時《にちじ》や場所《ばしょ》を連絡《れんらく》する係《かか》りになった。

きちんと連絡をしても、来《こ》ない人もいた。しかし、自分は責任《せきにん》を果《は》たしたのだから、あとは本人の問題《もんだい》であると、別《べつ》に気《き》にもとめなかった。（中略）

だが、同じ係りのメンバーの取《と》り組《く》み方《かた》を見て、彼女は驚《おどろ》いた。連絡しても練習に来ない人がいると、そのことを真剣《しんけん》に悩《なや》んで唱題《しょうだい》し、先輩《せんぱい》に指導《しどう》を受けたり、家まで訪《たず》ねて行って、励《はげ》ましたりしているのだ。

「なぜ、そこまでしなくてはならないの？」

と首をかしげる小田野に、あるメンバーは言った。

「だって、練習に通《かよ》って上達《じょうたつ》し、出場《しゅつじょう》できるようになれば、すばらしい青春の思《おも》い出《で》になるわ。あんな感動《かんどう》はほかにはないんですもの。本人も、それを夢見《ゆめみ》て鼓笛隊に入ったはずだから、なんとしても、その夢を、一緒《いっしょ》に実現《じつげん》してもらいたいのよ。

だから私は、最後《さいご》の最後まであきらめない。

適当《てきとう》に妥協《だきょう》しても、誰《だれ》も何も言わないかもしれないけど、それは、自分《じぶん》を裏切《うらぎ》ることだわ」

小田野《おだの》は、自分の考《かんが》え方を恥《は》じた。

（中略）

また、小田野は、音楽《おんがく》の専門家《せんもんか》でもない先輩《せんぱい》たちが、「世界一《せかいいち》の鼓笛隊《こてきたい》」にしようと、懸命《けんめい》に努力《どりょく》し続《つづ》けている姿《すがた》を目にするたびに胸《むね》を熱《あつ》くした。その心意気《こころいき》に感じて、彼女《かのじょ》も、「世界一」を実現《じつげん》させるために、自分は何をすべきかを考えた。

〝今、鼓笛隊に必要《ひつよう》なものは、より専門的《せんもんてき》な知識《ちしき》と技術《ぎじゅつ》の習得《しゅうとく》ではないだろうか。自分がどこまでできるかわからないけれど、音大《おんだい》に行《い》って勉強《べんきょう》して、鼓笛隊のために役立《やくだ》てるようになりたい〟

人それぞれに使命《しめい》がある。それぞれが「私が立とう！」と、自己《じこ》の使命を果《は》たし抜《ぬ》くなかに、真《しん》の団結《だんけつ》がある。そして、そこに、新《あたら》しき歴史《れきし》が創《つく》られるのだ。

（「**使命**」の章、155〜157ページ）

「烈風《れっぷう》」の章　師の舞《まい》に勝利の誓《ちか》い固く

〈1969年（昭和44年）12月、関西指導《しどう》に赴《おもむ》いた山本伸一《やまもとしんいち》は、高熱《こうねつ》を押《お》して和歌山へ。県幹部会で、全精魂《ぜんせいこん》を尽《つ》くして指導する〉

伸一の話は、二十四分に及《およ》んだ。

式次第《しきしだい》は、学会歌《がっかいか》の合唱《がっしょう》に移《うつ》った。

（中略）

合唱が終わるや、会場のあちこちで「先生《せんせい》！」という叫《さけ》びが起《お》こった。

「学会歌の指揮《しき》を執《と》ってください！」

ひときわ大《おお》きな声《こえ》が響《ひび》いた。伸一は笑顔《えがお》で頷《うなず》いた。

その時である。喉《のど》に痰《たん》が絡《から》み、彼は激《はげ》しい咳《せき》に襲《おそ》われた。

口《くち》を押《お》さえ、背中《せなか》を震《ふる》わせ、咳をした。五回、六回と続《つづ》いた。

一度、大きく深呼吸《しんこきゅう》したが、まだ、治《おさ》まらなかった。苦しそうな咳が、さらに立て続けに、十回、二十回と響《ひび》いた。

演台《えんだい》のマイクが、その音《おと》を拾《ひろ》った。

咳のあとには、ゼーゼーという、荒《あら》い呼吸《こきゅう》が続いた。皆《みな》、心配《しんぱい》そうな顔で、壇上《だんじょう》の伸一に視線《しせん》を注《そそ》いだ。

だが、彼《かれ》は、荒い呼吸が治《おさ》まると、さっそうと立ち上がった。

「大丈夫《だいじょうぶ》ですよ。それじゃあ、私が指揮を執りましょう！」

歓声《かんせい》があがった。

「皆《みな》さんが喜《よろこ》んでくださるんでしたら、なんでもやります。私は、皆さんの会長《かいちょう》だもの！」

大拍手《だいはくしゅ》が広がった。

（中略）

音楽隊《おんがくたい》の奏《かな》でる、力強《ちからづよ》い調《しら》べが響いた。

（中略）

山本伸一は、扇《おうぎ》を手に舞《ま》い始めた。

それは、天空《てんくう》を翔《かけ》るがごとき、凜々《りり》しき舞《まい》であった。

〝病魔《びょうま》よ、来《く》るなら来《こ》い！　いかなる事態《じたい》になろうが私は闘《たたか》う！〟

伸一《しんいち》は、大宇宙《だいうちゅう》に遍満《へんまん》する「魔《ま》」に、決然《けつぜん》と戦《たたか》いを挑《いど》んでいた。

（中略）

和歌山の同志《どうし》は、伸一の気迫《きはく》の指揮《しき》に、胸《むね》を熱《あつ》くしていた。

〝先生《せんせい》は、あんなお体《からだ》なのに、指揮を執《と》ってくださっている！〟

どの目も潤《うる》んでいた。なかには、彼《かれ》の体を気《き》遣《づか》い、〝先生！　もうおやめください！〟と叫《さけ》びたい衝動《しょうどう》をこらえる婦人《ふじん》もいた。

皆《みな》が、涙《なみだ》のにじんだ目で、この光景《こうけい》を生命《せいめい》に焼《や》き付《つ》けながら、心《こころ》に誓《ちか》っていた。

〝私も戦います！　断《だん》じて勝《か》ちます！〟

そして、力《ちから》の限り手拍子《てびょうし》を打《う》ち、声《こえ》を張《は》り上《あ》げて歌《うた》った。

（「**烈風**」の章、218～223㌻）

「大河《たいが》」の章　創《そう》刊《かん》原点の精神を胸《むね》に

〈1970年（昭和45年）9月、聖教新聞社の新社屋《しんしゃおく》が落成。山本伸一《やまもとしんいち》は館内《かんない》を巡《めぐ》り、聖教新聞創刊《そうかん》の原点《げんてん》を振《ふ》り返《かえ》った〉

伸一は、創刊当時《とうじ》に思《おも》いを馳《は》せながら、傍《かたわ》らにいた、新聞社の幹部《かんぶ》たちに言った。

（中略）

「あの市《いち》ケ谷《や》のビルの狭《せま》い一室《いっしつ》で、新聞を作っていたころの苦労《くろう》を忘《わす》れてはいけない。環《かん》境《きょう》が整《ととの》えば整うほど、創刊のころの精神《せいしん》を、常《つね》に確認《かくにん》し合っていくことが大事《だいじ》ではないだろうか。

そうでないと、恵《めぐ》まれた環境にいて当《あ》たり前《まえ》だと思《おも》い、少《すこ》し環境条件《じょうけん》が悪《わる》いと、すぐに愚痴《ぐち》や文句《もんく》が出てしまうようになるものだ。そうなれば、職員《しょくいん》としては既《すで》に敗北《はいぼく》であり、堕落《だらく》だ。

私は、それを、恐《おそ》れているんです」

（中略）

聖教新聞の創刊は、戸《と》田《だ》が事業《じぎょう》の失敗《しっぱい》という窮地《きゅうち》を脱《だっ》し、第二代会長《だいにだいかいちょう》に就任《しゅうにん》する直前の、一九五一年（昭和二十六年）四月二十日である。

戸田が、その着想《ちゃくそう》を初《はじ》めて伸一に語《かた》ったのは、前年の八月、戸田が経営《けいえい》の指揮《しき》を執《と》っていた東光建設信用組合《とうこうけんせつしんようくみあい》の経営が行き詰《づ》まり、業務《ぎょうむ》停止《ていし》となった時のことであった。

戸田と伸一は、東京・虎《とら》ノ門《もん》の喫茶店《きっさてん》で、信用組合の業務停止を知った、ある新聞社の記者《きしゃ》と会った。その帰り道、戸田は、しみじみとした口調《くちょう》で語った。

「伸《しん》、新聞というものは、今の社会《しゃかい》では想像《そうぞう》以上《いじょう》の力《ちから》をもっている。……一つの新聞をもっているということは、実《じつ》にすごい力をもつことだ。

学会《がっかい》もいつか、なるべく早い機会《きかい》に新聞をもたなければならんな。伸、よく考《かんが》えておいてくれ」

戸田《とだ》が学会《がっかい》の理事長《りじちょう》の辞任《じにん》を発表《はっぴょう》したのは、聖教新聞発刊《はっかん》の着想《ちゃくそう》を伸一《しんいち》に語《かた》った日の夜のことであった。

（中略）

年が明けた一九五一年（昭和二十六年）二月の寒《さむ》い夜《よる》であった。戸田は、伸一に宣言《せんげん》した。

「いよいよ新聞を出そう。私が社長《しゃちょう》で、君は副《ふく》社長になれ。勇《いさ》ましくやろうじゃないか！」

（中略）

何度《なんど》となく、準備《じゅんび》の打ち合わせがもたれた。新聞の名前をどうするかでも、さまざまな意《い》見《けん》が出た。

（中略）

種々検討《しゅじゅけんとう》を重《かさ》ねて、結局《けっきょく》、「聖教新聞」と決まった。

そこには、大宇宙《だいうちゅう》の根本法《こんぽんほう》たる仏法《ぶっぽう》を、世界《せかい》に伝《つた》えゆく新聞をつくるのだという、戸田の心《こころ》意気《いき》がみなぎっていた。

（「大河」の章、359～362㌻）

第14巻

御書編

難《なん》は生命を鍛《きた》える研《けん》磨《ま》剤《ざい》

御文

我《われ》並《なら》びに我《わ》が弟子・諸《しょ》難《なん》ありとも疑《うたが》う心なくば自《じ》然《ねん》に仏《ぶっ》界《かい》にいたるべし、天《てん》の加《か》護《ご》なき事《こと》を疑はざれ現《げん》世《ぜ》の安《あん》穏《のん》ならざる事をなげかざれ、我が弟子に朝《ちょう》夕《せき》教《おし》えしかども・疑いを・をこして皆《みな》すてけんつたなき《拙》者《もの》のならひは約《やく》束《そく》せし事を・まことの時はわするるなるべし

開目抄《かいもくしょう》　御書234㌻

通解

私と私の弟子は、多くの難《なん》があろうとも、疑《うたが》う心を起こさなければ、自《し》然《ぜん》に仏《ぶっ》界《かい》に至《いた》るであろう。諸《しょ》天《てん》の加《か》護《ご》がないからと、疑ってはならない。現《げん》世《ぜ》が安《あん》穏《のん》でないことを嘆《なげ》いてはならない。私の弟子に朝《あさ》に夕《ゆう》に教えてきたが、難にあって疑いを起こし、みな退《たい》転《てん》してしまったようである。愚《おろ》かな者《もの》の習《なら》いは、約《やく》束《そく》したことをまことの時には忘れるのである。

小説の場面から

〈1969年（昭和44年）12月、山本伸一《やまもとしんいち》は大阪から三重の松阪《まつさか》会館へ。「開目抄《かいもくしょう》」の一節を拝《はい》して指導した〉

「『いざという時』にどうするか。実《じつ》は、その時にこそ、日ごろの信心が表《あらわ》れるんです。

（中略）

日々、忍耐強《にんたいづよ》く、黙々《もくもく》と、水の流れるように信心に励《はげ》むことです。自分の生命を、磨《みが》き、鍛《きた》え抜《ぬ》いて、信心への絶対の確信を培《つちか》っておくことです。それができてこそ、大事な時に、大きな力《ちから》が出せるんです」

一人ひとりの決意を促《うなが》すように、伸一は語っていった。

「では、『いざという時』とは、どういう時をいうのか――。

個人にとっては、自分や家族が大病《たいびょう》にかかったとか、不慮《ふりょ》の事故、事業の倒産《とうさん》に遭遇《そうぐう》するなどといった、一大事《いちだいじ》の時がそうでしょう。これは、自分の過《か》去遠遠劫《こおんのんごう》からの宿業《しゅくごう》が出たことであり、まさに宿命《しゅくめい》転換《てんかん》のチャンスなんです。

また、信心を反対されたりすることも、『いざという時』です。さらに、学会が法難《ほうなん》を受けるなど、大変な事態《じたい》に陥《おちい》った時です。

幸福を築くには、何があっても崩《くず》れることのない、金剛不壊《こんごうふえ》のわが生命をつくり、輝《かがや》かせていく以外にない。そして、難こそが、生命を磨き鍛える最高の研磨剤《けんまざい》なんです。

したがって、大難《だいなん》の時こそ、自身の宿命転換、境《きょう》涯革命《がいかくめい》の絶好《ぜっこう》の時といえる。ゆえに、勇《いさ》んで難に挑《いど》む、勇気がなければならない。臆病《おくびょう》であっては絶対になりません」

（「**烈風**」の章、228～229ページ）

聖教の発展《はってん》を心に期《き》して

御文

蓮盛抄《れんじょうしょう》　御書153ジペー

仏《ほとけ》は文字に依《よ》って衆生《しゅじょう》を度《ど》し給《たも》うなり

通解

仏《ほとけ》は文字によって衆生《しゅじょう》を救《すく》われるのである。

小説の場面から

仲一《しんいち》は、会長に就任《しゅうにん》してからの、この十年余《あま》りの間、いつも、聖教新聞のことが頭から離《はな》れなかった。

彼の一日は、妻の峯子《みねこ》とともに、配達員等の無事故を懸命《けんめい》に祈り、インクの匂《にお》いも新しい、届《とど》いたばかりの新聞に、くまなく目を通すことから始まるのである。

仲一は、朝、聖教新聞を目にすると、すぐに翌日《よくじつ》の紙面のことを考えた。

〝明日《あした》の一面のトップはなんだろうか〟〝社説は何を論ずるのだろうか〟〝どんな記事があるのだろうか〟……。

戸田城聖《とだじょうせい》が魂《たましい》を注《そそ》いでつくり上げた新聞を大発展させていくことが、自分の責任であり、義務であると、彼は決めていたのである。

だから、率直《そっちょく》に、聖教新聞についてアドバイスをすることもあった。また、編集部から寄稿《きこう》の要請《ようせい》があれば、どんなに多忙《たぼう》ななかでも、懸命に原稿《げんこう》を書いた。

(中略)

日蓮大聖人《にちれんだいしょうにん》は、「仏《ほとけ》は文字に依《よ》って衆生《しゅじょう》を度《ど》し給《たも》うなり」と仰《おお》せだが、仏法の哲理《てつり》を、人びとに正しく伝え抜いていくうえでも、聖教新聞の担《にな》う役割は極《きわ》めて大きい。

さらに、現代は情報が氾濫《はんらん》しており、ともすれば、その情報の洪水《こうずい》に押《お》し流されて、自らがものを考え、自身の価値観《かちかん》を確立《かくりつ》できないでいることが少なくない。

それだけに、情報を見極める哲学の〝眼《まなこ》〟をもつことが極めて重要になる。そのための新聞が、聖教新聞であるといってよい。

(「大河」の章、365〜366ジ゙)

私の読後感
識者が語る

作家
宮本 輝氏

日本が生んだ最高の歴史文学

私が初めて新聞小説の連載《れんさい》を書いたのは、『ドナウの旅人』という作品です。連載の依頼《いらい》を引き受けた時、出版社の方《かた》から「宮本さん、これで寿命《じゅみょう》が2、3年縮《ちぢ》まりましたね」と言われました。

実際に連載が始まると、締《し》め切《き》りに追われる中、読者を飽《あ》きさせない、おもしろさを生み出すことが求められます。さらに、分かりやすくて、文学的にも深みがなければなりません。

そのため、新聞小説の執筆は、大変な重圧《じゅうあつ》があります。連載を終えた時、本当に寿命が縮まったと思うほど疲《つか》れました。

それを、池田先生は50年以上も続けてこられた。識者との対話や、会員への激励など、他にもなすべき事が数限りなくあります。その中での執筆です。誰《だれ》もまねることなどできません。

さらに、『新・人間革命』は、65歳から書き始められています。連載開始に当たって、先生は「限りある命の時間との、壮絶《そうぜつ》な闘争《とうそう》」と述べられていますが、本当に命懸《いのちが》けの、令《りょう》法《ぼう》久《く》住《じゅう》のための闘争だったと感じられてなりません。

そこまでして、先生が『新・人間革命』を執筆されたのは、今を生きる人たちのためであるとともに、後世のためでしょう。学会の真実を伝えるのと同時に、困難《こんなん》に直面した時、山本伸一《やまもとしんいち》は何を考え、どう行動したか。それは、伸一の後に続く人にとって何よりの指針《ししん》です。

『新・人間革命』は、戦後日本の軌跡《きせき》が描かれた歴史文学でもあります。例えば、14巻には、大学紛争《ふんそう》や、看護師の過重労働《かじゅうろうどう》の問題が詳細《しょうさい》に記されています。これらのことを書くだけでも、多くの資料に当たらなければなりません。時間も労力もかかります。

そうした歴史に触《ふ》れながら、読者に生きる勇気と希望を贈《おく》っている。『新・人間革命』は、「日本が生んだ最高の歴史文学」として評価される時代が必ず来ると、信じて疑《うたが》いません。

14巻に書かれた文芸部結成から数年後、私は関西で文芸部の一員となりました。〝小説とは、どう書けばいいのか〟と悩《なや》んでいた時に、池田先生のスピーチに出合いました。

1969年8月17日に行われた文芸部の結成式。山本伸一は「それぞれの分野で、皆さんが、大いに活躍されんことを念願いたします」と期待を語った

――難《むず》しいことを難しく表現している限り、その人は至《いた》っていないのだ。

この言葉で、私は文章を書く〝眼《まなこ》〟を開くことができ、40年以上にわたって、作家を続けることができました。

私の「文学の師匠」は、池田先生です。先生が『新・人間革命』を完結されたのは90歳。私はまだ72歳です。作家として、これからも書き続けていく――それが、私の戦いであり、師匠への報恩《ほうおん》です。

みやもと・てる
1947年、兵庫県生まれ。広告代理店勤務等を経て、77年に『泥の河』で太宰治賞を、78年に『螢川』で芥川賞を受賞。『流転の海』シリーズなど著書多数。関西文芸部員。

ここにフォーカス

学会の強さの源泉《げんせん》

1969年（昭和44年）から70年にかけて、学会は激《はげ》しい非難《ひなん》にさらされました。学会批判書《ひはんしょ》の著者《ちょしゃ》に、事実に基《もと》づいた執筆《しっぴつ》を要望したことなどが、言論弾圧《げんろんだんあつ》とされたのです。

評論家《ひょうろんか》の田原総一朗《たはらそういちろう》氏は、著書『創価学会』（毎日新聞出版）の中で、「『言論・出版問題』と呼ばれるようになるこの事件で、創価学会も大きなダメージを受け、間違《まちが》いなく衰退《すいたい》すると誰《だれ》もが確信した」「私もその一人である」と記しています。氏がそう予測《よそく》したほど、学会攻撃は、すさまじいものがありました。しかし、その烈風《れっぷう》を勝ち越え、学会はさらに発展を遂《と》げていきます。その要因を探《さぐ》ろうと、「言論・出版問題」の後、氏は多くの婦人部員を取材します。すると皆、こう語ったと述べています。「私たち一人ひとりが池田先生とつながっている」。この「師弟の絆《きずな》」こそ、学会の強さの源泉《げんせん》にほかなりません。

「言論・出版問題」の渦中《かちゅう》、伸一《しんいち》は若き人材を薫陶《くんとう》していきます。彼は記者会見で宣言します。「学会がどうなるか、二十一世紀を見てください。社会に大きく貢献《こうけん》する人材が必ず陸続《りくぞく》と育つでしょう。その時が、私の勝負です！」

21世紀の今、伸一が手塩《てしお》にかけて育成した若人は、各界の第一人者として活躍《かつやく》しています。その社会貢献《しゃかいこうけん》の人材は、二陣、三陣と続き、世界を潤《うるお》す大河《たいが》となっています。

第11巻 第12巻 第13巻 第14巻 第15巻

第14巻

解説編

紙上講座

池田博正 主任副会長

動画で見る
セイキョウオンラインのトップページからも視聴できます

ポイント

①渓流《けいりゅう》から大河《たいが》へ
②主体者の自覚《じかく》
③師と同じ心で

『新・人間革命』執筆《しっぴつ》開始《かいし》より10周年となった2003年（平成15年）8月、池田先生は「起稿《きこう》10周年」と題する随筆《ずいひつ》を発表しました。その中で、執筆に対する思いを記されています。

「私の胸には、言論《げんろん》の闘争《とうそう》の決意がたぎっている。広宣流布《こうせんるふ》の大道《だいどう》は、今つくるしかないからだ」

「『真実』を明確に書き残すことが、未来の人びとの明鏡《めいきょう》となる」

それから15年が経過《けいか》した2018年8月、先生は全30巻の執筆を終えられ、私たちに「世界広布の大道」を示してくださったのです。

この随筆は、第14巻「大河《たいが》」の章の連載中《れんさいちゅう》に書かれたものでした。同章は、1970年（昭和45年）5月3日、山本伸一《やまもとしんいち》の第3代会長就任《しゅうにん》10周年となる本部総会の場面から始まります。

その1カ月前に行われた戸田先生の十三回忌法要《かいきほうよう》で、伸一は、学会が750万世帯を達成したことを述べ、「広宣流布の流れは、遂《つい》に渓流《けいりゅう》より大河の流れとなりました」（287ページ）と、恩師に報告します。「広宣流布の波が広がり、人間主義に目覚《めざ》めた民衆勢力が

第11巻
第12巻
第13巻
第14巻
第15巻

台頭《たいとう》し、時代の転換点《てんかんてん》を迎《むか》えた」（288ジペー）のです。

この転換期に起こったのが、「言論《げんろん》・出版問題」でした。

学会批判書《ひはんしょ》を書いた著者に対して、学会の幹部《かんぶ》が事実に基《もと》づく執筆《しっぴつ》を要望したことを、言論弾圧《だんあつ》として騒《さわ》ぎ立てたのです。それを口実《こうじつ》に、政党や宗教勢力が、学会攻撃の集中砲火《ほうか》を浴《あ》びせました。

「言論・出版問題」は、「伸一《しんいち》の会長就任以来、初めての大試練《だいしれん》」（293ジペー）でした。しかし、伸一は「最も理想的な社会の模範《もはん》となる創価学会をつくろう」（同ジペー）という決意を一段と深くします。障魔《しょうま》の嵐《あらし》を、「未来への新たな大発展の飛躍台《ひやくだい》」（同ジペー）としていきました。

試練に敢然《かんぜん》と立ち向かう勇気を奮《ふる》い起こす時、広《こう》布《ふ》を阻《はば》む逆風を、追い風に転じることができます。「烈風《れっぷう》に勇《いさ》み立つ」精神で前進し続けてきたところに、「学会の強さがある」（253ジペー）のです。

流れそれ自体

「言論・出版問題」の渦中《かちゅう》から、21世紀の広布の未来を見据《みす》え、伸一は布石《ふせき》を打っていきます。その一つが、時代に即応《そくおう》した組織改革《かいかく》です。

70年5月3日の本部総会で、伸一は「広宣流布《こうせんるふ》は、流れの到達点《とうたつてん》ではなく、流れそれ自体であり、生きた仏法の、社会への脈動《みゃくどう》」（298ジペー）と語り、何か終着点《しゅうちゃくてん》があるかのような広宣流布観を一変させます。

そして、「社会に信頼《しんらい》され、親《した》しまれる学会」（同ジペー）をモットーに前進することを呼《よ》び掛《か》け、「地域社会と密接《みっせつ》なつながりをもち、社会に大きく貢献《こうけん》していく意味」（305ジペー）から、地域を基盤《きばん》としたブロック組織へ移行することを発表します。それまで、学会の組織は、居住地と関係なく、入会した会員は紹介者と同じ組織に所属《しょぞく》し、活動することを主軸《しゅじく》としてきました。その分《ぶん》、団結は強いものがありました。

それに比《くら》べて、ブロック組織は、「人間関係を深めることの難《むずか》しさ」（306㌻）が最大の課題でした。しかし、伸一《しんいち》は、現代社会が抱《かか》える人間の孤立化《こりつか》という問題を乗り越えるために、「学会員が中心になって、地域社会に、人間と人間の、強い連帯《れんたい》のネットワークをつくり上げなければならない」（同㌻）と考えていました。ブロック組織への移行は、地域に開かれた学会の組織を築くためであり、社会の未来を開くためでもあったのです。

この新しい段階《だんかい》に当たって、伸一が憂慮《ゆうりょ》したのは、皆の一念の改革がなされていくか、ということでした。その「一念の改革」とは、「一人ひとりが『自分こそが学会の命運《めいうん》を担《にな》い、広宣流布《こうせんるふ》を推進《すいしん》する主体者である』との、自覚《じかく》に立つこと」（310㌻）であり、「会長の伸一と、同じ決意、同じ責任感に立つこと」（311㌻）です。

この「主体者の自覚」にこそ、「すべての活動の成《せい》否《ひ》も、勝敗の決め手もある」（同㌻）からです。

ありのままを語る

烈風《れっぷう》が吹《ふ》き荒《あ》れる中、伸一が打ったもう一つの布《ふ》石《せき》が人材育成――特に未来部への激励《げきれい》です。

悪を許《ゆる》さぬ、純粋《じゅんすい》な正義の心が失われてしまえば、「『大河の時代』は、濁流《だくりゅう》の時代」（293㌻）と化《か》してしまいます。ゆえに、彼は、若い世代の中核《ちゅうかく》となる人材育成に精魂《せいこん》を注《そそ》ぎます。

箱根《はこね》の研修所で行われた、未来部の代表メンバーの研修会で、伸一はこの研修所が、学会の歴史の中で、どんな意味を持っているかを語ります。

参加者の中には、小学生もいました。しかし、「広《こう》布《ふ》後継《こうけい》の指導者になる使命をもった人」（322㌻）として、学会の真実の歴史を、ありのままに語っていきます。

さらに、皆の質問に答え、人間としていかに生きるかを訴《うった》えます。「こちらが真剣に語ったことは、しっかり受け止められるはずである」（332ページ）と信じて、メンバーの胸中《きょうちゅう》に成長の種子を蒔《ま》いていきました。

その後も、伸一《しんいち》の未来部への励ましは続きます。ある時には、「君が山本《やまもと》伸一なんだ。君が会長なんだ。私の分身《ぶんしん》なんだ。自分がいる限《かぎ》り大丈夫《だいじょうぶ》だと言えるようになっていきなさい」（352ページ）と万感《ばんかん》の期待を語っています。

メンバーは今、社会のさまざまな分野で活躍《かつやく》しています。その「弟子の勝利」（353ページ）は、伸一の「厳《げん》たる勝利の証《あかし》」（同ページ）でもありました。

池田先生は自《みずか》らの手で未来部員を本物の人材へと育て、現在の世界広布新時代《せかいこうふしんじだい》を開かれました。師匠《ししょう》の闘争《とうそう》を受《う》け継《つ》ぎ、次の50年、100年の広布の未来を開く人材を育てていくのは、私たちです。

「烈風《れっぷう》」の章に、１９６９年（昭和44年）12月、伸一が高熱を押《お》して出席した、和歌山の幹部会《かんぶかい》のことがつづられています。その50周年の佳節《かせつ》を記念する和歌山の大会が先日（＝２０１９年12月21日）、50年前と同じ会場で開催《かいさい》されました。

この大会で、未来部のメンバーが合唱を披露《ひろう》しました。大切なのは、当日へ向け、練習会を重《かさ》ねる中で、家族や同志が未来部のメンバーに、和歌山広布史などを通して、信心の大切さ、師匠を持つ人生の素晴らしさを語っていったということです。

２０２０年「前進・人材の年」は、「会長就任60周年」「学会創立90周年」と幾重《いくえ》にも意義を刻《きざ》む年です。先日、先生は「（学会創立）１００周年へ向かう10年は、人類にとって重大な分岐点《ぶんきてん》となる10年である」（＝２０１９年12月18日付「聖教新聞」）と述べられました。師匠と同じ心で、次代《じだい》の学会を担《にな》う人材をはぐくみ、万代《ばんだい》にわたる広布の流れを開いていこうではありませんか。

名言集

宗教の生命《せいめい》

布教《ふきょう》は、宗教の生命《せいめい》であります。布教なき宗教は、もはや〝死せる宗教〟であります。

（「智勇」の章、8ページ）

生の歓喜《かんき》と躍動《やくどう》

平和とは、単に戦争がない状態をいうのではなく、人と人とが信頼《しんらい》に結《むす》ばれ、生の歓喜《かんき》と躍動《やくどう》、希望に満ちあふれていなければならない。

（「使命」の章、127ページ）

人間のため

「広宣流布《こうせんるふ》」とは、文芸も、教育も、政治も、すべてを人間のためのものとして蘇《よみがえ》らせる、生命復興《ふっこう》の戦いなのである。

（「使命」の章、175ページ）

強い決意と真剣《しんけん》さ

大ざっぱであったり、漏《も》れがあるというのは、全責任を担《にな》って立つ真剣《しんけん》さの欠如《けつじょ》といってよい。絶対に失敗は許《ゆる》されないとの強い決意をもち、真剣であれば、自《おの》ずから緻密《ちみつ》になるものだ。

（「烈風」の章、192ページ）

前進の積《つ》み重《かさ》ね

歴史的な壮挙《そうきょ》を成《な》し遂《と》げるといっても、その一歩《いっぽ》は、決して華《はな》やかなものではない。むしろ地道な、誰《だれ》にも気づかれない作業である場合がほとんどです。だが、その前進の積《つ》み重《かさ》ねが、時代を転換《てんかん》していく力《ちから》なんです。

（「**大河**」の章、342ページ）

音楽隊・鼓笛隊合同演奏会で、池田先生が鼓笛隊のメンバーを励ます。「使命」の章では鼓笛隊の歴史が記されている（2002年11月17日、創価大学池田記念講堂で）

太陽に照らされた緑の庭園。その向こうに、青い海が広がる。池田先生が和歌山・白浜町の関西研修道場でシャッターを切った（1984年6月）。この訪問の折、先生は和歌山駅で少年少女合唱団のメンバーを激励。「はればれと　天の歌声　父祈る」と詠んだ

『新・人間革命』

第15巻

「聖教新聞」連載

（2003年9月12日付〜2004年5月25日付）

第15巻

基礎資料編

各章のあらすじ

物語の時期

1970年（昭和45年）5月3日～1971年8月

1970年（昭和45年）、創価学会は、仏法の人間主義を根底《こんてい》とした社会建設への取り組みを本格化した。

山本伸一《やまもとしんいち》は、人間の精神の開拓《かいたく》を忘《わす》れ、便利《べんり》さや豊かさのみを追求する社会の〝歪《ゆが》み〟を痛感《つうかん》していた。その最も象徴的《しょうちょうてき》な事例が、公害問題の深刻化《しんこくか》である。彼は、月刊誌《げっかんし》などで、公害問題の本質や対策《たいさく》について論及《ろんきゅう》し、仏法の生命《せいめい》哲理《てつり》の視点《してん》から公害根絶を訴《うった》える。

公害に苦しめられてきた熊本の水俣《みなまた》でも、53年（同28年）ごろから、学会員が誕生《たんじょう》。友の幸せを願い、力強《ちからづよ》く生きる同志の姿《すがた》は、地域の希望の存在《そんざい》となっていった。

「蘇生《そせい》」の章

74年（同49年）1月、伸一は第1回「水俣友の集《つど》い」に出席し、皆《みな》が「水俣の変革《へんかく》の原動力」となって、「郷土《きょうど》の蘇生《そせい》の歴史を」と励《はげ》ます。

また、70年から翌年《よくねん》の春にかけて、各地で文化・芸術のさまざまな催《もよお》しが行われる。伸一も、創価の大文化運動の先駆《さきが》けたらんと、「青年の譜《ふ》」など、詩歌《しいか》を次々に発表していく。

学会として「文化の年」と定めた71年（同46年）が開幕《かいまく》すると、彼は2月、北海道で初の〝雪の文化祭〟に出席する。雪像《せつぞう》の展示《てんじ》や、ゲレンデでのマスゲームなど、新しき庶民《しょみん》文化の祭典を実現した友を、心からたたえた。

「創価大学」の章

1971年（昭和46年）4月2日、東京・八王子に創価大学が開学。山本伸一《やまもとしんいち》は、牧口《まきぐち》・戸田《とだ》両会長の大学設立構想を受《う》け継《つ》ぎ、その実現に全生命を注《そそ》いできた。しかし、大学の自主性を尊重《そんちょう》し、開学式も、入学式も出席を見送る。

創立者の伸一は、5月、創大生の代表等に、〝学生が主体者となって全《すべ》ての問題に取り組んでいってほしい〟と語る。

1期生たちは、創立者と同じ責任感で、大学建設に奮闘《ふんとう》していく。

当初、教員の一部に伸一の来学を歓迎《かんげい》しない空気があった。学生たちは自分たちが創立者を呼《よ》ぼうと、大学祭として「創大祭」を開催《かいさい》し、

訪問《ほうもん》が実現。さらに、翌年《よくねん》7月、寮生《りょうせい》の「滝山祭《たきやまさい》」にも伸一は出席する。

72年（同47年）秋、理事会は、学費値上《がくひねあ》げの改定案《かいていあん》を示《しめ》す。だが、その進め方は、創立者が示した〝学生参加〟の原則に反するものだと、学生たちは主張し、白紙撤回《はくしてっかい》となる。その後、学生たちは大学の財政について協議を重《かさ》ね、自主的に学費値上げを決議する。

73年（同48年）の第3回入学式には、伸一が初めて出席。彼は、創価大学は、人類のため、無名の庶民《しょみん》の幸福のために開学したと述べ、「創造的《そうぞうてき》人間であれ！」と訴《うった》える。

同年7月、伸一は「滝山祭」の盆踊《ぼんおど》り大会で、学生の中に飛《と》び

込《こ》み、手の皮がむけるほど太鼓《たいこ》をたたいて、全身全霊《ぜんしんぜんれい》で激励《げきれい》する。また、この年の「創大祭」の祝賀会では、学生のために就職《しゅうしょく》の道を開こうと、招待した各企業《かくきぎょう》のトップ一人一人に、自ら名刺《めいし》を渡《わた》してあいさつする。

1975年（昭和50年）3月、第1回卒業式で彼は、生涯《しょうがい》、創大で結《むす》んだ魂《たましい》の絆《きずな》を忘れるなと励《はげ》ましを送る。伸一《しんいち》が命を削《けず》る思いで育《はぐく》んだ創大出身者から、世界各国で社会に貢献《こうけん》する多くのリーダーが誕生《たんじょう》していく。

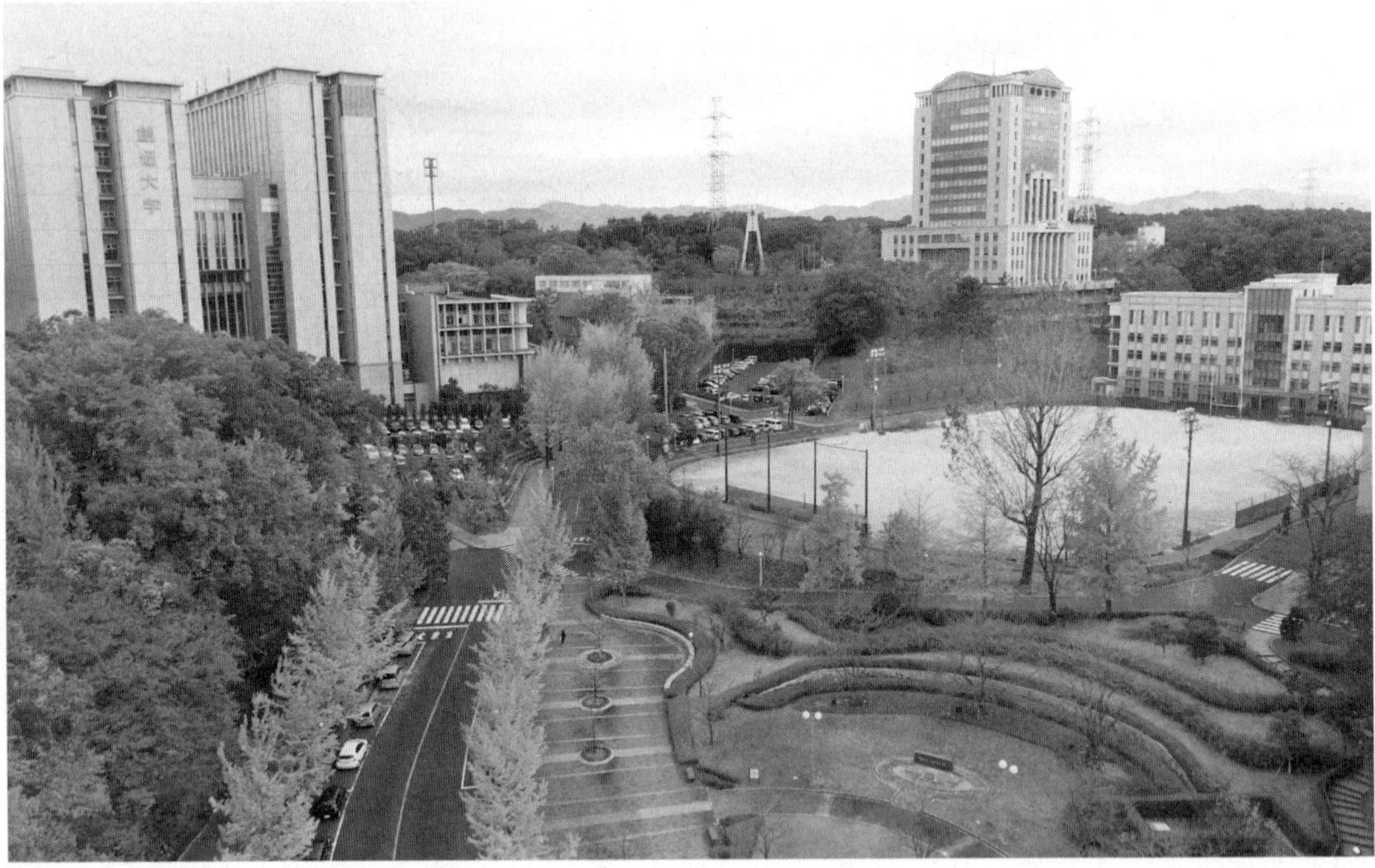
豊かな自然に囲まれた創価大学のキャンパス（2019 年 11 月）

「開花」の章

1971年(昭和46年)6月、山《やま》本《もと》伸《しん》一《いち》は、牧口《まきぐち》初代会長の生誕《せいたん》100年を記念する、先師の胸像《きょうぞう》の除幕式《じょまくしき》に臨《のぞ》む。

創価の源流《げんりゅう》を開いた牧口をしのび、〝先生を獄死《ごくし》させた権力《けんりょく》の魔性《ましょう》の牙《きば》をもぎとり、民衆《みんしゅう》が喜びにあふれた社会を築《きず》いてまいります〟と誓《ちか》う。

6月8日には、北海道へ。激励《げきれい》行《こう》の合間に、大沼《おおぬま》で月の写真を撮《さつ》影《えい》する。伸一の写真撮影は、「自然との対話」写真展に発展し、新たな民衆文化の波を起こすことになる。

彼は、学会の発展は、そのまま地域の興隆《こうりゅう》につながらねばならないと考え、地域の人々との懇親《こんしん》の

集《つど》いをもつことを提案。伸一が出席し、「鎌倉祭り」「三崎《みさき》カーニバル」が開催《かいさい》される。それは地域に根差した人間文化の「開花」の姿《すがた》でもあった。

同年の夏季講習会の折、大型の台風の影響《えいきょう》を受け、近くでキャンプを行《おこな》っていたボーイスカウトの世界大会の参加者を避難《ひなん》させてほしいとの要請《ようせい》が入る。伸一の陣頭《じんとう》指揮《しき》で万全の支援《しえん》を推進《すいしん》。感謝の言葉を述べるボーイスカウトの世話役に、彼は言う。

「友情は人間性の証《あかし》です。友情を広げ、人間と人間を結《むす》び合い、人類の幸福と平和の連帯《れんたい》をつくるのが、私どもの目的です」

創価大学　開学の軌《き》跡《せき》

年	月	日	創価大学
1950 年	11 月	16 日	戸田先生が池田先生に大学の設立構想を語る
1964 年	6 月	30 日	第 7 回学生部総会で創価大学の設立を正式に発表
1965 年	11 月	8 日	創価大学設立審議会が発足
1969 年	4 月	2 日	起工式に出席
	5 月	3 日	「人間教育の最高学府たれ」「新しき大文化建設の揺籃たれ」「人類の平和を守るフォートレス（要塞）たれ」との 3 モットーを発表
1971 年	2 月	11 日	竣工式に出席
	4 月	2 日	開学式に際し、一対のブロンズ像を贈る
	4 月	10 日	第 1 回入学式
	11 月	21 日	創大祭に学生の招待で出席。記念フェスティバルで初のスピーチ
1972 年	4 月	10 日	第 2 回入学式
	7 月	6 日	滝山寮を初訪問し、滝山祭に出席。記念植樹をする
	11 月	24 日	第 2 回創大祭に出席。学生の賛同を得て、学生歌の歌詞に加筆
1973 年	4 月	9 日	第 3 回入学式に出席。講演を行う
	7 月	13 日	第 2 回滝山祭に出席し、「スコラ哲学と現代文明」と題して記念講演する。翌日、翌々日にも出席し、学生を激励する
	10 月	26 日	第 3 回創大祭。祝賀会では、企業の代表者など約 700 人の来賓一人一人に、丁重にあいさつをして回る
1974 年	4 月	18 日	第 4 回入学式に出席
	6 月	25 日	第 3 回滝山祭に出席
	10 月	25 日	第 4 回創大祭に出席。池田先生に創価大学名誉教授の称号が授与される
1975 年	3 月	22 日	第 1 回卒業式に出席
	春		中国政府の派遣留学生を受け入れる

第2回滝山祭の納涼盆踊り大会。創立者・池田先生が太鼓を打ち鳴らす（1973年7月15日、中央体育館〈当時〉で

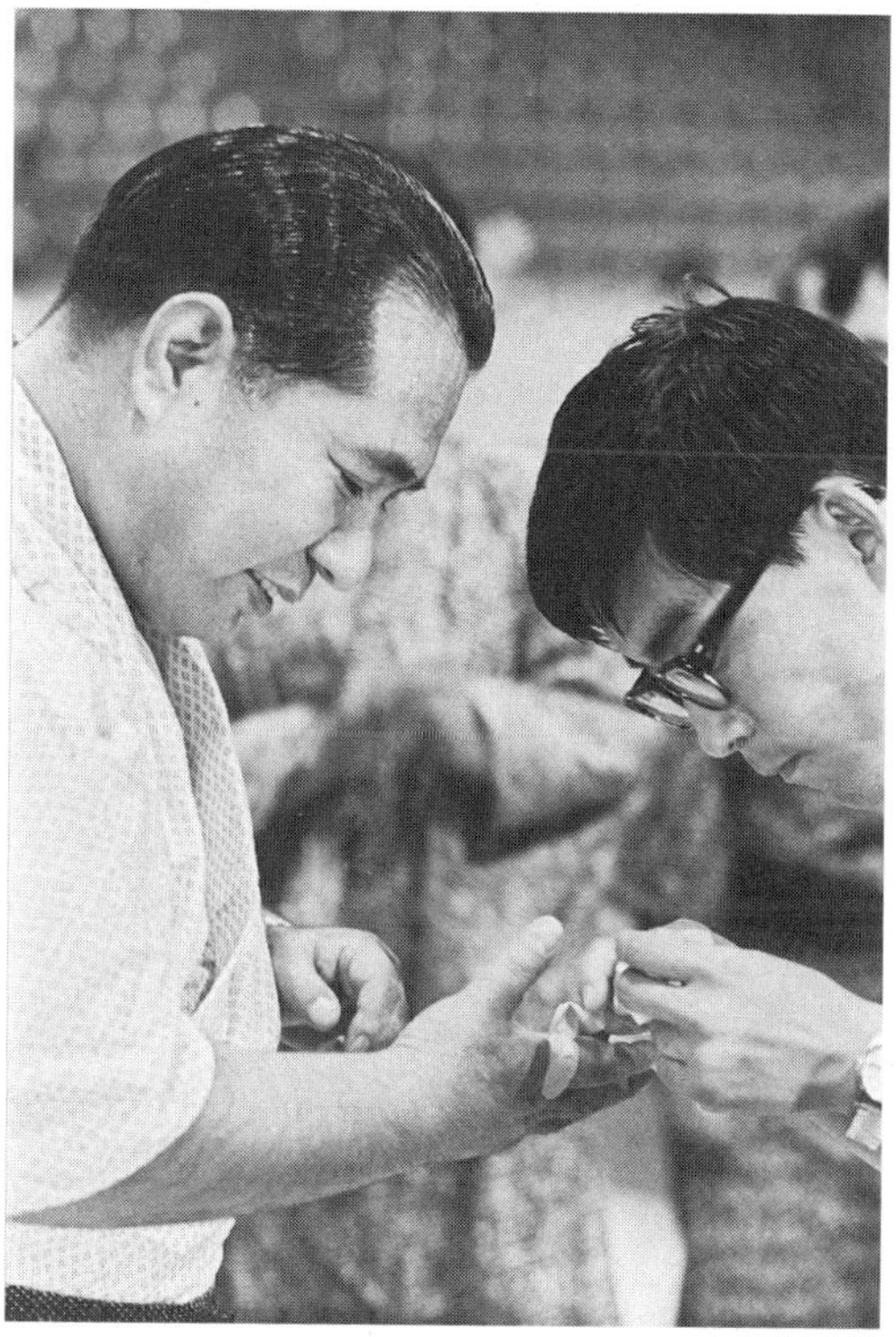

太鼓をたたいて手の皮がむけた池田先生に、学生がばんそうこうを貼る（1973年7月15日、中央体育館〈当時〉で

自然との対話

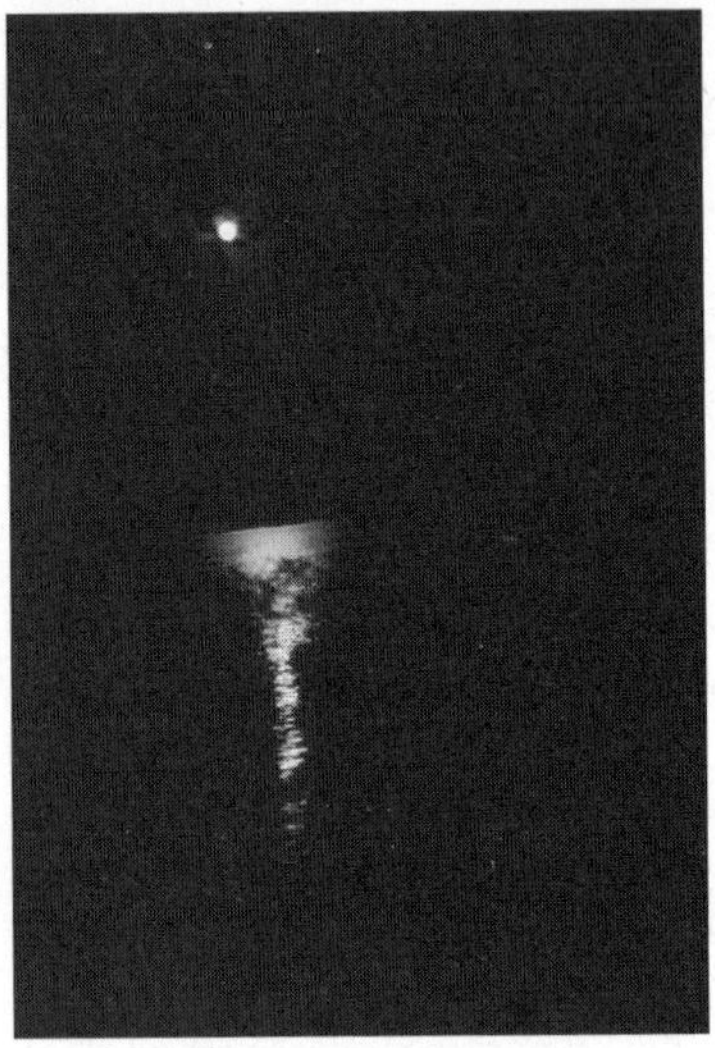

北海道の大沼で、漆黒の空に輝く月天子を、池田先生がカメラに収めた（1971年6月）

1971年（昭和46年）6月、山本伸一《やまもとしんいち》は北海道の大沼《おおぬま》へ。雲の切れ間から、まばゆい光を放つ月に、シャッターを切った。

「――夜空は、黒い闇《やみ》である。大沼の湖面《こめん》も天《てん》の色を写し取ったかのように、黒々としていた。しかし、やや青みを帯《お》びた満月だけが天座《てんざ》に君臨《くんりん》し、湖面に一筋《ひとすじ》の金《きん》の帯《おび》を走らせていた。それは、大沼に浮《う》かぶ月というより、無窮《むきゅう》の宇宙空間を絶え間なく運行する、大きな星の写真のようにも見えた」　（「開花」の章、316㌻）

池田先生が撮影《さつえい》した写真作品を展示する「自然との対話」写真展は、82年（同57年）から始まり、海外では41カ国・地域、150都市（＝2020年1月現在）で開催《かいさい》されている。

水俣《みなまた》友の集《つど》い

池田先生が第1回「水俣友の集い」に出席（1974年1月24日、鹿児島の九州総合研修所〈当時〉で）

1974年（昭和49年）1月24日、山本伸一《やまもとしんいち》は「水俣《みなまた》友の集《つど》い」に出席。「水俣病」と呼ばれる公害病に負けず、生き抜いてきた同志を全力で励ました。

「学会精神を基調《きちょう》として立ち上がった皆様方《みなさまがた》の、真剣《しんけん》な姿《すがた》を拝見《はいけん》し、私は本当に嬉《うれ》しい。今日の催《もよお》しこそ、新しき水俣建設の原点となるものであると、私は確信しております」

（「蘇生」の章、50㌻）

第15巻

名場面編

「蘇生《そせい》」の章　勝利を祝《しゅく》す万歳《ばんざい》の大合唱

〈1974年（昭和49年）1月、山本伸一《やまもとしんいち》は九州へ。公害《こうがい》に苦しみながらも頑張《がんば》り抜《ぬ》いてきた水俣《みなまた》の友《とも》を、鹿児島の九州総合研修所（当時）に招《まね》き、全力《ぜんりょく》で励《はげ》ます〉

伸一は、万感《ばんかん》の思《おも》いを込《こ》めて語《かた》りかけた。

（中略）

「私は、皆《みな》さんが、宿命《しゅくめい》に怯《ひる》まず、絶望《ぜつぼう》に負《ま》けず、自分自身《じぶんじしん》に打《う》ち勝《か》ち、ここに集《つど》われたことをよく知っております。皆さんこそ、人生《じんせい》の偉大《いだい》なる勝利者《しょうりしゃ》です。

これからも、さらに、強《つよ》く、強く、強く、生《い》きて、生きて、生き抜《ぬ》いてください。このなかには、公害による病《やまい》をかかえた方《かた》もいらっしゃるでしょう。

しかし、それに負けずに、強く生き抜いていくこと自体《じたい》が、人びとの希望《きぼう》となり、仏法《ぶっぽう》の力《ちから》の証明《しょうめい》になります。

苦《くる》しみをかみしめてきた皆さんには、幸福《こうふく》になる権利《けんり》がある。皆さんの手で社会《しゃかい》を変《か》えていくんです。

さあ、戦《たたか》いましょう！　公害を引《ひ》き起《お》こした、大宇宙《だいうちゅう》に遍満《へんまん》する魔性《ましょう》を、人間の生命《せいめい》の魔性を打《う》ち破《やぶ》るために！」

「はい！」

メンバーの元気《げんき》な声《こえ》が返ってきた。

「では、皆さんの大健闘《だいけんとう》と大勝利を祝《しゅく》して、万歳三唱《ばんざいさんしょう》をしましょう！」

皆、胸《むね》を張《は》り、晴《は》れやかに叫《さけ》びながら、振《ふ》り上げるように手をあげた。

「万歳！　万歳！　万歳！」

誇《ほこ》らかな声が、霧島《きりしま》の空高《そらたか》くこだました。

（中略）

その後《ご》も伸一は、水俣の同志《どうし》への激励《げきれい》を、折《おり》あるごとに続《つづ》けていった。後年《こうねん》、彼《かれ》は詠《よ》んだ。

水俣《みなまた》の
友《とも》に幸《さち》あれ
長寿《ちょうじゅ》あれ
仏土《ぶつど》の海《うみ》で
今世《こんぜ》を楽《たの》しく

公害《こうがい》の被害《ひがい》は、公害を垂《た》れ流《なが》した企業《きぎょう》が非《ひ》を認《みと》め、多額《たがく》の補償金《ほしょうきん》や賠償金《ばいしょうきん》を出したとしても、決《けっ》して、それで終わるというものではない。公害病患者《びょうかんじゃ》の苦《くる》しみは続《つづ》くのだ。

だからこそ公害に泣《な》いた人びとが、生きる勇《ゆう》気《き》を、未来《みらい》への希望《きぼう》を、呼《よ》び覚《さ》ましていくことが、何よりも大切《たいせつ》になる。また、人間の励《はげ》ましのスクラムが必要《ひつよう》になる。

さらに、公害の根本的《こんぽんてき》な解決《かいけつ》のためには、現《げん》代文明《だいぶんめい》の在《あ》り方《かた》を根源的《こんげんてき》に問《と》い、新《あら》たなる人間の哲学《てつがく》を打《う》ち立《た》てなければならない。

そこに、創価学会の果《は》たすべき役割《やくわり》がある。

（『蘇生』の章、45〜52ページ）

「創価大学」の章　心で勝て次に技《わざ》で勝て

〈創価大学の硬式野球部《こうしきやきゅうぶ》は、開学《かいがく》の年にスタート。恵《めぐ》まれた環境《かんきょう》とはいえない中で奮闘《ふんとう》する部員《ぶいん》たちに、山本伸一《やまもとしんいち》は陰《いん》に陽《よう》に激励《げきれい》を重《かさ》ねた。1975年（昭和50年）5月には、教職員《きょうしょくいん》らの親善《しんぜん》試合に野球部員を招《まね》き、一緒《いっしょ》に観戦《かんせん》しながら語《かた》り合《あ》った〉

彼《かれ》（＝山本伸一）は、期待《きたい》を込《こ》めて野球部員に言った。

「『さすが、創大野球部だ。すがすがしい』といわれるチームになっていくんだよ。

創価大学も、野球部も、まだ草創期《そうそうき》であり、苦労《くろう》も多いかもしれない。しかし、その苦労が大事《だいじ》なんだ」

（中略）

野球部員が尋《たず》ねた。

「試合の流《なが》れが一方的《いっぽうてき》になり、追《お》い込《こ》まれてしまった場合《ばあい》は、どうしたらいいでしょうか」

「ピンチになった時には、みんなで集《あつ》まって、心機一転《しんきいってん》して頑張《がんば》っていくことだよ。これは、野球の試合でも、人生《じんせい》でも一緒《いっしょ》です。戦《たたか》いで負《ま》ける時というのは、相手《あいて》に負ける前に自分《じぶん》に負けてしまっているものだ。プレッシャーや状況《じょうきょう》に負けてはいけない。その時こそ、心《こころ》を一新《いっしん》し、ますます闘志《とうし》を燃《も》え上《あ》がらせていくんだ」

試合が一段落《いちだんらく》すると、伸一は言った。

「一緒に練習《れんしゅう》しよう。ぼくがノックをするよ」

野球部員は、伸一がノックするボールを懸命《けんめい》に追った。体当《たいあ》たりで白球《はっきゅう》に食らいついた。

「うまいねー」

「大《たい》したもんだ！」

伸一は、彼らがボールを捕《と》るたびに、声《こえ》をかけていった。

野球部員が受《う》け止《と》めたのは、創立者《そうりつしゃ》の期待《きたい》

と、真心《まごころ》であったのかもしれない。白球《はっきゅう》を追《お》いながら、目を熱《あつ》く潤《うる》ませる部員《ぶいん》もいた。ノックするボールの快音《かいおん》が、いつまでもグラウンドにこだましていた。

〝断《だん》じて勝《か》とう！　勝って創立者《そうりつしゃ》に応《こた》えたい〟

それが全野球部員《ぜんやきゅうぶいん》の決意《けつい》となっていった。折《おり》から二部春季《にぶしゅんき》リーグ戦《せん》が始《はじ》まっていた。創立者の激励《げきれい》を胸《むね》に、創大野球部は大奮闘《だいふんとう》し、このリーグ戦で初優勝《はつゆうしょう》を果《は》たしたのである。

（中略）

創大野球部は、数多《かずおお》くのリーグ優勝を飾《かざ》り、全国大会《ぜんこくたいかい》でも、好成績《こうせいせき》を収《おさ》めるまでになる。また、プロ野球選手も輩出《はいしゅつ》している。

後年《こうねん》、伸一《しんいち》は、野球部の勝利《しょうり》と栄光《えいこう》を願《ねが》い、次のような指針《ししん》を贈《おく》っている。

「心《こころ》で勝て　次に技《わざ》で勝て　故《ゆえ》に　練習《れんしゅう》は実《じっ》戦《せん》　実戦は練習」

創立者とともに、創大の〝人間野球〟の伝統《でんとう》が築《きず》かれていったのである。

（「**創価大学**」の章、150〜152ページ）

「創価大学」の章　「創大生は私の命なんです」

〈1973年（昭和48年）秋に行われた「創大祭」で、各企業《かくきぎょう》の代表《だいひょう》や報道関係者《ほうどうかんけいしゃ》らを招《まね》き、祝賀会《しゅくがかい》が行われた。山本伸一《やまもとしんいち》は来賓《らいひん》のなかに飛《と》び込《こ》むように、あいさつに回《まわ》った〉

伸一は、名刺《めいし》を交換《こうかん》するたびに、こう言って、深々《ふかぶか》と頭《あたま》を下《さ》げた。

「私が山本でございます。大変《たいへん》にお世話《せわ》になっております。

来年《らいねん》は、一期生《きせい》の就職活動《しゅうしょくかつどう》が始《はじ》まります。初《はじ》めてのことですので、ご指導《しどう》、ご尽力《じんりょく》を賜《たまわ》りますよう、よろしくお願《ねが》い申《もう》し上《あ》げます」

（中略）

皆《みな》、伸一の丁寧《ていねい》さに恐縮《きょうしゅく》し、何度《なんど》も頭を下げる来賓もいた。

彼《かれ》は必死《ひっし》であった。

〝伝統《でんとう》のある他《た》大学に進学《しんがく》していれば、就職も有利《ゆうり》であり、多くの学生が、希望通《きぼうどお》りの企業《きぎょう》に就職できるにちがいない。それを、あえて、苦労《くろう》を承知《しょうち》で、私の創立《そうりつ》した新設校《しんせつこう》の創価大学に来てくれたのだ。

だから、自分《じぶん》が直接《ちょくせつ》、各企業の代表と会い、誠心誠意《せいしんせいい》、創大生のことをお願いしよう。それが創立者である私の義務《ぎむ》だ〟

伸一は、そう深く心《こころ》に決めていたのである。

（中略）

〝七百人の来賓全員《ぜんいん》とお会いしよう〟と、彼は決意《けつい》していた。

動《うご》き、語《かた》る伸一の顔《かお》には、いつの間にか、汗《あせ》が噴《ふ》き出していた。

〝そこまでやるのか〟と、人は思《おも》うかもしれない。しかし、その行動《こうどう》なくして〝開道《かいどう》〟はない。

道《みち》を開《ひら》くには、まず自《みずか》らの意識《いしき》を開くことだ。

彼《かれ》は、ある来賓《らいひん》には、こう尋《たず》ねた。

「『創大祭』をご覧《らん》になった、率直《そっちょく》な感想《かんそう》はいかがですか」

来賓は語《かた》った。

「今、どの大学も、学園祭は、面白《おもしろ》ければなんでもよいという風潮《ふうちょう》が強《つよ》くなっています。

しかし、『創大祭』は違《ちが》いました。真面目《まじめ》に研究《けんきゅう》や調査《ちょうさ》に取《と》り組《く》み、自分《じぶん》たちの主張《しゅちょう》を真正《ましょう》面《めん》からぶつけている企画《きかく》が実《じつ》に多い。また、社《しゃ》会正義《かいせいぎ》に燃《も》える、学生らしい心意気《こころいき》があふれています。卒業生《そつぎょうせい》が社会に出るのが楽《たの》しみです」

「ありがたいお話《はなし》です。光栄《こうえい》です。学生たちに伝《つた》えます。

創大生は、私の命《いのち》なんです。皆《みな》、純粋《じゅんすい》ですし、限《かぎ》りない可能性《かのうせい》をもっています。今後《こんご》とも、お力添《ちからぞ》えください」

彼は、来賓と精力的《せいりょくてき》に言葉《ことば》を交《か》わし、名刺交《めいしこう》換《かん》していった。

伸一の汗《あせ》は、スーツの襟《えり》にまで滲《にじ》んでいた。

（「**創価大学**」の章、253～255ジペ）

「開花」の章「今しかない」との思いで

〈1971年（昭和46年）6月、山本伸一《やまもとしんいち》は北海道を訪問《ほうもん》。大沼湖畔《おおぬまこはん》に立つ研修所の開所式の前夜、車《くるま》で周囲《しゅうい》を視察《しさつ》していると、東《ひがし》の山の向こうが白く光《ひか》っているのが見えた〉

東の空を見た伸一は、思《おも》わず息《いき》をのんだ。雲《くも》の切れ間《きま》から、大《おお》きな、大きな、丸《まる》い月《つき》が壮麗《そうれい》に辺《あた》りを圧《あっ》し、皓々《こうこう》と輝《かがや》いていた。

（中略）

月は、天空《てんくう》に白銀《はくぎん》のまばゆい光《ひかり》を放《はな》ちながら、悠々《ゆうゆう》と荘厳《そうごん》なる舞《まい》を見せていた。そして、湖面《こめん》には、無数《むすう》の金波銀波《きんぱぎんぱ》が、華麗《かれい》に踊《おど》っていた。

それは、大宇宙《だいうちゅう》が織《お》りなした、〝美《び》の絵巻《えまき》〟であった。

〝今だ！　この瞬間《しゅんかん》しかない！〟

伸一は、車を止《と》めてもらい、傍《かたわ》らにあったカメラに手を伸《の》ばした。（中略）

伸一は、後部座席《こうぶざせき》の窓《まど》を開けると、シャッターを切《き》った。

彼《かれ》は、「一瞬《いっしゅん》」の大切《たいせつ》さというものを、身《み》に染《し》みて感《かん》じてきた。広宣流布《こうせんるふ》を進《すす》めるうえでも、生きるうえでも、その瞬間、瞬間になすべき〝勝負《しょうぶ》〟が必《かなら》ずある。伸一は、同志《どうし》の激励《げきれい》にせよ、仕事《しごと》にせよ、常《つね》に「今しかない」との思いで、奮闘《ふんとう》に奮闘を重《かさ》ねてきた。

人生《じんせい》といっても、瞬間の連続《れんぞく》である。ゆえに、「今」を勝《か》つことが、完勝《かんしょう》へとつながっていくのだ。

（中略）

伸一は、月《つき》に向かい、夢中《むちゅう》でシャッターを切り続《つづ》けた。

月天子《がってんし》が創《つく》り出《だ》した、この美《うつく》しき瞬間を永遠《えいえん》にとどめたかった。

そこに、後続車《こうぞくしゃ》に乗《の》っていた、聖教新聞の二十代前半《ぜんはん》の若《わか》いカメラマンが走《はし》り寄《よ》ってきて

叫《さけ》んだ。
「運転手《うんてんしゅ》さん。車《くるま》のエンジンを止《と》めてください」

それから、伸一《しんいち》に向《む》かって言った。

「先生《せんせい》！　車の窓枠《まどわく》に両肘《りょうひじ》をつけて、カメラを構《かま》えていただくと、揺《ゆ》れません」

（中略）

ファインダーをのぞくと、月光《げっこう》の反射《はんしゃ》で、湖《こ》面《めん》に金《きん》の帯《おび》が走っていた。風《かぜ》が吹《ふ》き抜《ぬ》けるたびに、小さな波《なみ》が起《お》こり、金の光《ひかり》が明滅《めいめつ》した。

静《しず》かな湖畔《こはん》に、伸一がシャッターを切る音《おと》が、断続的《だんぞくてき》に響《ひび》いた。

彼《かれ》は、さらに湖畔を移動《いどう》し、フィルム数本分《すうほんぶん》を撮影《さつえい》した。この写真《しゃしん》が上手《じょうず》に撮《と》れていたら、同志《どうし》に贈《おく》りたいと思《おも》った。

日夜《にちや》、人びとの幸福《こうふく》のため、社会《しゃかい》のために献《けん》身《しん》する同志たちと、大自然《だいしぜん》がもたらした束《つか》の間《ま》の美《び》の感動《かんどう》を分《わ》かち合《あ》い、励《はげ》ましを送《おく》りたかったのである。


（「**開花**」の章、310～312㌻）

第15巻

御書編

命ある限《かぎ》り語り抜く

御文

命《いのち》を法《ほ》華《け》経《きょう》にまいらせて仏《ほとけ》にはならせ給《たも》う

南《な》無《む》御《ご》書《しょ》　御書1299ジペー

通解

一切《いっさい》の仏《ほとけ》は命を法《ほ》華《け》経《きょう》に奉《たてまつ》って仏に成《な》ったのである。

小説の場面から

〈学生部員との懇談《こんだん》で、三島由紀夫《みしまゆきお》の自決《じけつ》から、仏法で説《と》く「帰命《きみょう》」に話が移ると、山本伸一《やまもとしんいち》は語った〉

「命はなんのために使うべきか。大聖人《だいしょうにん》は、法華《ほけ》経《きょう》のために身命《しんみょう》を捧《ささ》げるべきであると結論されている。（中略）

法華経すなわち、正法のため、広宣流布《こうせんるふ》のために身命を捧げるなかに、成仏《じょうぶつ》という絶対的幸福境涯《ぜったいてきこうふくきょうがい》を確立する道があり、一切衆生《いっさいしゅじょう》を救う直道《じきどう》があるからです。

でも、身命を捧げるとは、ただ死ぬということではない。広宣流布のために、全力で戦い抜くことです。そのなかで、熱原《あつはら》の三烈士《さんれっし》や初代会長の牧口《まきぐち》先生《せんせい》のように、殉教《じゅんきょう》することもあるかもしれない。

しかし、広布《こうふ》の使命を果《は》たすために、生きて生きて生き抜き、命ある限《かぎ》り、動き、語り抜くこともまた『帰命《きみょう》』です。

むしろ、〝自分は今日一日を、広布のために全力で戦い抜いたのか。妥協《だきょう》はないか。悔《く》いはないか〟と問いつつ、毎日、毎日を勝ち抜くなかに、『帰命』の姿があります」

（中略）

彼は言葉《ことば》をついだ。

「私は青年時代、自身の決意を、こう日記につづりました。

『革命は死なり。われらの死は、妙法への帰命なり』

わが生涯《しょうがい》を広布に捧げよう、戸田先生と生きようと、自《みずか》ら決めた瞬間《しゅんかん》でした。（中略）

以来、私は、どんな困難があろうとも、微動《びどう》だにしません。実は、そこにこそ、自身の人間革命、絶対的幸福境涯への道がある」

（「**蘇生**」の章、67～69ページ）

久遠《くおん》の使命の自覚《じかく》

御文

生死一大事血脈抄《しょうじいちだいじけつみゃくしょう》　御書1338ジペー

過去《かこ》の宿縁《しゅくえん》追《お》い来《きた》って今度《こんど》日蓮《にちれん》が弟子と成《な》り給《たも》うか

通解

あなたは、過去の宿縁《しゅくえん》から今世《こんぜ》で日蓮《にちれん》の弟子となられたのであろうか。

小説の場面から

〈1955年（昭和30年）8月、札幌《さっぽろ》での夏季指導の折、山本伸一《やまもとしんいち》は御書を拝《はい》して同志の勇気を鼓舞《こぶ》した〉

「ここは、大聖人様《だいしょうにんさま》と共に戦う弟子の、深い宿縁《しゅくえん》について述べられた箇所《かしょ》ですが、今、その御精神を受《う》け継《つ》ぎ、広宣流布《こうせんるふ》に生きる私たちにも同じことがいえます。

私たちが今、この時に生まれ合わせ、ここに集《つど》って、活動に励《はげ》んでいるのも、実は、過去世からの深い宿縁によるものなんです。決して偶然《ぐうぜん》ではありません。私たちは、日蓮大聖人《にちれんだいしょうにん》と、過去世で広宣流布をしていく約束をして生まれてきた。

しかも、そのために、ある人はあえて貧乏《びんぼう》の姿を現《げん》じ、ある人は、病気の悩《なや》みを抱《かか》えて出現してきたんです。

そして、大闘争《だいとうそう》を展開する、待ち合わせの場所と時間が、昭和三十年八月の札幌だったんです。

皆さんは、それぞれが貧乏や病《やまい》の宿命《しゅくめい》を断《た》ち切《き》り、妙法の偉大《いだい》さを証明するために、この法戦に集ってこられた。

その強い自覚《じかく》をもつならば、力《ちから》が出ないわけがありません。御本尊《ごほんぞん》に行き詰《づ》まりはありません。意気《いき》揚々《ようよう》と痛快《つうかい》に戦おうではありませんか！」

（中略）

伸一の講義を聴《き》くうちに、メンバーは皆《みな》、久遠《くおん》の使命を自覚し、広宣流布の流れを決する歴史的な闘争に、今、自分が参加している喜びに包《つつ》まれるのであった。

誰《だれ》もが勇み立った。その歓喜《かんき》が、戦いの勢いを加《か》速《そく》した。

（「**蘇生**」の章、84～85ページ）

半世紀超《こ》す執筆に思う
識者が語る

ウズベキスタン元文化・スポーツ大臣
トゥルスナリ・クジーエフ氏

他に類《るい》を見ない人類の遺産《いさん》

一人の人間における偉大《いだい》な人間革命が、一国の、さらに全人類の宿命の転換《てんかん》をも可能にする――この小説の主題は、私自身のルーツであるイスラムの精神性とも深く共鳴《きょうめい》しています。

近年、残念なことに、イスラムがテロや暴力とつながっているようなイメージが広まっています。

しかし、ウズベキスタンが輩出《はいしゅつ》した詩人ナワイー、天文学者ウルグ・ベク、医学者イブン・シーナーなどは、それぞれイスラム世界を代表する偉人です。

「ジハード」という言葉の本意は、自分自身を善《ぜん》の方向へ向かわせていく、寛容《かんよう》の精神を身に付けていく、という内面的な努力や成長にあります。それは、「人間革命」の哲理《てつり》とも響《ひび》き合《あ》うものでしょう。

歴史上、さまざまな思想家、哲学者たちが小説を残しています。その中で、池田先生が半世紀にわたって執筆《しっぴつ》された『人間革命』『新・人間革命』は、他に類《るい》を見ない人類の遺《い》産《さん》です。

私は現在、イスラム・カリモフ学術・教育記念館の副館長を務《つと》めていますが、その傍《かたわ》ら、大学でジャーナリズムを教えています。日々の講義では、学生たちの心の成長を促《うなが》そうと、池田先生の著作を引用することもあります。

ドイツの軍事学者・クラウゼ

ヴィッツは、『戦争論』を記し、今も多くの人が座右《ざゆう》の銘《めい》にする「戦争の哲学」を残しました。

一方、池田先生が書かれてきたのは、その対極にあるものです。いかに、相互理解《そうごりかい》を構築していくか。いかに人生の困難《こんなん》を乗り越えていくか——その難題への解答を示《しめ》す「平和の哲学」「幸福の方程式《ほうていしき》」を記されてきたのです。

先生が執筆されてきた数々の著作には、ギリシャ、ローマ、インド、中国などの古代哲学から、ガンジーなど近代の歴史的人物の思想まで、ありとあらゆる哲学の最も優《すぐ》れた要素が散《ち》りばめられています。

それらをひもとけば、人類共通の遺産に触《ふ》れることができます。どのような文化的・思想的背景《はいけい》をもつ人であっても、深い感銘《かんめい》を受けるでしょう。池田先生の著作は、時間や空間を超《こ》えて、英知の光彩《こうさい》を放ち続けるに違《ちが》いありません。

私自身、池田先生に、大きな触発《しょくはつ》を受けてきた一人です。ウズベキスタンでも今後、さらに多くの人々が先生の思想・哲学を学び、豊《ゆた》かな人生を歩んでいくことを念願《ねんがん》しています。

ウズベキスタン国立美術大学から池田先生への名誉教授称号の授与式（2002年2月20日、創価大学で）。記念の絵画を贈るクジーエフ元大臣（右端）

Tursunali Kuziev

ウズベキスタンの文化・スポーツ大臣、同国芸術アカデミー総裁などを歴任。同国を代表する画家、写真家として知られる。

ここにフォーカス

「苦海《くかい》」を「仏土《ぶつど》の海」に

「蘇生《そせい》」の章に、「水俣病《みなまたびょう》」から立ち上がる同志の姿が克明《こくめい》に描かれています。「水俣病」は、熊本県水俣市で発生した公害病です。化学工場から海に垂《た》れ流《なが》されたメチル水銀が魚介類《ぎょかいるい》に蓄積《ちくせき》され、それを食べた人が中毒《ちゅうどく》性《せい》の神経疾患《しんけいしっかん》を発症《はっしょう》しました。

山本伸一《やまもとしんいち》は、公害問題に対して論文を発表。さらに、研究者と会い、公害について学んでいきます。1972 年（昭和 47 年）8月、池田先生は公害研究の第一人者・宇井純《ういじゅん》氏と公害問題へのアプローチなどを巡《めぐ》って、6時間にわたって語り合いました。

対談の折、氏は「被害者の手足となって働いてみると、解決の智慧《ちえ》がわく。庶民《しょみん》と切れたら、学問は終わりです」と語りました。この「庶民と共に」との信念は、先生と深く共鳴《きょうめい》するものであり、学会の根本精神です。

公害によって偏見《へんけん》にさらされ、人生を奪《うば》われた人の苦しみ、怒《いか》りは計《はか》り知れません。その「苦海《くかい》」の中で、水俣の同志は友の幸福を願い、強く生き抜いたのです。

池田先生は、和歌を詠《よ》んでいます。「水俣の／友に幸《さち》あれ／長寿《ちょうじゅ》あれ／仏土《ぶつど》の海で／今世《こんぜ》を楽しく」

愛する郷土《きょうど》を「苦海」から「仏土の海」に――水俣の友が刻《きざ》んできた蘇生の軌跡《きせき》は、後世に生きる勇気を送り続けるに違《ちが》いありません。

第15巻

解説編

紙上講座

池田博正 主任副会長

動画で見る
セイキョウオンラインのトップページからも視聴できます

ポイント

①仏法者の使命
②具体的な提案《ていあん》
③創価大学の軌跡《きせき》

第15巻「開花」の章に、「日蓮仏法《にちれんぶっぽう》の最《さい》たる特徴《とくちょう》は、『広宣流布《こうせんるふ》の宗教』（303ジペー）であり、「立正安国《りっしょうあんこく》の宗教」（304ジペー）とあります。

「立正」（正を立てる）とは、仏法の哲理《てつり》を一人一人の胸中《きょうちゅう》に打ち立てることです。「立正」は、仏法者の宗教的使命ともいえます。

「安国」（国を安《やす》んずる）とは、「立正」の帰結《きけつ》として、社会の平和と繁栄《はんえい》を築いていくこと。いわば、仏法者の社会的使命が「安国」です。この「安国」の実現があってこそ、仏法者の宗教的使命は完結します。

1970年（昭和45年）5月3日、山本伸一《やまもとしんいち》は本部総会で、広宣流布とは「妙法の大地に展開《てんかい》する大文化運動」（7ジペー）と宣言《せんげん》します。

「安国」の実現という使命を果《は》たすため、学会は「文化という人間性の力《ちから》をもって、社会を建設していく」（329ジペー）運動を進めます。この「文化運動」の先頭に立ったのが、伸一でした。

「蘇生《そせい》」の章に、この頃《ころ》から、彼がメンバーへの激励のために、和歌や句、詩を詠《よ》んで贈《おく》るように努《つと》めたことが記されています。伸一の詩は、「人びとに平和と幸福の大道を指し示《しめ》す詩」（74ジペー）であり、「仏法の眼《まなこ》をもって、自然と世界をとらえた詩」（同）でした。

また、「開花」の章では、伸一《しんいち》が北海道で写真を撮《さつ》影《えい》する場面が描《えが》かれています。彼をカメラに向かわせる源泉《げんせん》は、「写真をもって、人間文化の旗手《きしゅ》である同志を励まし、讃《たた》え、勇気づけたい」（315ジペー）との思いでした。

日本を代表する写真家・白川義員《しらかわよしかず》氏は「池田先生の作品には〝一人でも多くの人を幸せにしたい〟との先生の純粋《じゅんすい》な心がにじみ出ています」と述べています。この言葉に象徴《しょうちょう》されるように、先生の写真は「励ましの心」があふれています。

聖教新聞では、池田先生が撮影した写真と共に、先生の詩などを紹介する「四季の励まし」を掲載《けいさい》しています。それは、『負けるな！　強くあれ！　私とともに進もう』との、同志への励ましのメッセージ」（328ジペー）となっています。

提言の実現に向けて

学会が人間文化の創造《そうぞう》への取り組みを本格的に開始した当時、イタイイタイ病や水俣病《みなまたびょう》などの公害問題が、社会の大きな関心事《かんしんじ》となっていました。

伸一は、深刻化《しんこくか》する公害問題について、大手出版社の総合月刊誌に「日本は〝公害実験国〟か！」と題する原稿《げんこう》を執筆《しっぴつ》。さらに、東洋哲学研究所が発行する季刊誌《きかんし》にも公害問題に関する論文を発表します。

それは、公害を「文明というマクロな観点」（33ジペー）から捉《とら》え、「公害をもたらした思想の、淵源《えんげん》にさかのぼり、その根本的な解決の方途《ほうと》を明確に示した点」（同）に特徴《とくちょう》がありました。

戸田《とだ》先生はかつて、伸一にこう語っています。

「人類の平和のためには、〝具体的〟な提案《ていあん》をし、その実現に向けて自《みずか》ら先頭に立って〝行動〟することが大切である」（第30巻〈下〉「誓願」の章、237ジペー）

「たとえ、すぐには実現できなくとも、やがてそれが〝火種《ひだね》〟となり、平和の炎《ほのお》が広がっていく。空理《くうり》空論《くうろん》はどこまでも虚《むな》しいが、具体的な提案は、実現への〝柱《はしら》〟となり、人類を守る〝屋根〟ともなっていく」（第30巻〈下〉、237ページ）

公害問題に関する論文の発表は、この恩師の指針《ししん》の実践《じっせん》であり、池田先生が1983年（昭和58年）以降、1・26「SGIの日」を記念して毎年発表している提言も同様です。

先生はこれまで、SGI提言で数々の平和構想を示してきました。その実現へ向けて、学会青年部が「SOKAグローバルアクション2030」を開始しました。

10年後の2030年は、学会創立100周年であり、国連が掲げる開発目標の決勝点です。その年を目指し、①核兵器廃絶《かくへいきはいぜつ》と反戦の潮流《ちょうりゅう》の拡大②アジアの友好③SDGs《エスディージーズ》（持続可能な開発目標）の普及《ふきゅう》・推進《すいしん》――に取り組んでいきます。

先日、（＝2020年1月）発表されたSGI提言で、池田先生は、この青年部の平和運動に言及され、「青年たちの連帯がある限り、乗《の》り越《こ》えられない壁《かべ》など決してないと、私は固《かた》く信じてやまないのです」と、万感《ばんかん》の期待を寄せられました。

未来を開くのは青年です。「青年が立つ時、時代は新しき回転を開始」（73ページ）します。青年部の縦横無尽《じゅうおうむじん》の活躍《かつやく》を、私たちは心から祈っていきたいと思います。

師弟の精神の結晶《けっしょう》

「創価大学」の章では、開学から1期生が卒業するまでの同大学の歩みや、発展《はってん》の軌跡《きせき》が記されています。

大学の正門と本部棟《ほんぶとう》の正面には、牧口《まきぐち》先生の筆《ふで》による「創價大學《そうかだいがく》」の文字が掲《かか》げられています。それは著書『創価教育学体系《たいけい》』で、創価大学・学園につながる構想《こうそう》を述べられているからです。

先師の構想を継《つ》いだ戸田《とだ》先生は、1950年（昭和25年）11月、自身の経営する会社が業務停止《ぎょうむていし》となっていた最悪の状況の中、伸一《しんいち》に大学設立の思いを語りました。

伸一は、恩師の言葉を遺言《ゆいごん》として、深く心に刻《きざ》みます。そして、71年（同46年）4月2日、創価大学は開学しました。この年は牧口《まきぐち》先生の生誕100周年であり、この日は戸田先生の祥月命日《しょうつきめいにち》です。まさに、同大学は「三代にわたる師弟《してい》の精神の結晶《けっしょう》」（108㌻）にほかなりません。

創立者の伸一は、大学の自主性を尊重《そんちょう》し、開学式も、第1回入学式も、出席を見送ります。1期生との懇談《こんだん》の折には、「君たちみんなが、創価大学の創立者だ」（136㌻）と語ります。

あえて大学を訪問しなかったのは、創立者と同じ思いで、学生が大学建設に必ず立ち上がると信じていたからです。そして、初の正式な来学となった「創大祭」において、「創立者の情愛《じょうあい》があふれ、『学生中心の大学』という創価大学像」（174㌻）が鮮明《せんめい》となったのです。

伸一は第1回卒業式で、仏法の「霊山一会儼然《りょうぜんいちえげんねん》未散《みさん》」（霊山一会儼然《げんぜん》として未《いま》だ散《ち》らず）との原理に触《ふ》れ、「諸君は、生涯《しょうがい》、『創価大学の一会儼然として未だ散らず』との心で生き抜くこと」（287㌻）を提案しました。その原点を胸に、今、世界各国で活躍《かつやく》する創大出身者がいます。

2021年、創価大学は開学50周年の節目《ふしめ》を迎《むか》えます。現在、文部科学省の「スーパーグローバル大学創成支援《そうせいしえん》」事業に採択《さいたく》されており、SDGs《エスディージーズ》の取り組みは、イギリスの教育専門誌などで高く評価されています。

万年の平和を開くため、社会貢献《しゃかいこうけん》の人材を輩出《はいしゅつ》する、創価大学の使命は一段と大きくなっているのです。

名言集

ヒューマニズム

真《しん》のヒューマニズムは、人間と自然との調和《ちょうわ》、もっと端的《たんてき》に言えば、人間と、それを取《と》り巻《ま》く環境としての自然とは、一体なのだという視点《してん》に立った〝ヒューマニズム〟であるべきである。

（「蘇生」の章、27ジペー）

変革《へんかく》の主役

社会を変え、時代を動かすのは民衆である。民衆が賢明《けんめい》になり、変革の主役となって立ち上がってこそ、歴史の地殻変動《ちかくへんどう》が起こるのだ。

（「蘇生」の章、29ジペー）

大学で学ぶ意義

学問や学歴は、本来、立身出世《りっしんしゅっせ》のための道具ではない。人びとの幸福に寄与《きよ》するためであり、むしろ、大学で学ぶのは、大学に行けなかった人たちに奉仕《ほうし》し、貢献《こうけん》するためであるといってもよい。

（「創価大学」の章、122ジペー）

教育の原点

教育の原点は教師である。その人格こそが、教育という価値創造《かちそうぞう》の根源《こんげん》である。ゆえに教師こそ、最大の教育環境となる。

（「創価大学」の章、227ジペー）

あいさつ

あいさつは心のドアを開くノックである。さわやかで感じのよい、あいさつの姿には、人間性の勝利がある。

（「開花」の章、337ページ）

創価大学の創立30周年記念事業として1999年に完成した本部棟。正面には、牧口先生の筆による「創價大學」の金文字が掲げられている（2019年7月3日、池田先生撮影）

北海道函館市を訪問し、函館山からの景色をカメラに収める池田先生（1971年6月）

世界広布の大道
小説「新・人間革命」に学ぶⅢ

発行日　二〇二〇年五月三日

編　者　聖教新聞社　報道局
発行者　松岡　資
発行所　聖教新聞社
〒一六〇－八〇七〇　東京都新宿区信濃町七
電話〇三－三三五三－六一一一（代表）

印刷・製本　大日本印刷株式会社

＊

定価は表紙に表示してあります
ISBN978-4-412-01665-1